MÁS QUE NO LOVE IT

Cuentos / Short Stories
by Jim Sagel

Some of these stories were previously published in the original Spanish by:

PLURAL: Revista Cultural de EXCELSIOR, México, D.F.
CUENTOS CHICANOS: New America, University of New Mexico, Albuquerque, NM.
PLACE OF HERONS PRESS, Austin, Texas.
PALABRA NUEVA: Cuentos Chicanos II, DOS PASOS, Las Cruces, NM.

COVER ART by *Pola López de Jaramillo,* a native New Mexican now residing in Taos. In the featured painting, "Las Enjarradoras," she seeks to convey the spiritual essence embodied in the physical terms of life, and that life as it is expressed by the indigenous female.

Sergio D. Elizondo, noted writer, scholar and professor of Spanish, is the author of six books of poetry and prose, including *Perros y antiperros* and the award-winning novel, *Surama.*

A. Samuel Adelo is a native of Pecos, New Mexico, and the author of "Vistas Hispanas," a weekly bilingual column in the *Santa Fe New Mexican.*

COVER PHOTO by Vicente Martínez, Taos, New Mexico.
AUTHOR PHOTO by Margie Denton, Los Alamos, New Mexico.
GRACIAS a Alejandro López y Felix López por su ayuda. También gracias a Bernie Archuleta.

ISBN 0-931122-62-7

WEST END PRESS
P.O. Box 27334
Albuquerque, NM 87125 U.S.A.

CONTENIDO / CONTENTS

para Eliz y Tomás

MÁS QUE NO
LOVE IT

Versión en español

PREFACIO

Ni casta ni clase social. La comunidad hispana del norte de Nuevo México, aquí en Estados Unidos de América, es hoy, como se sabe, que lo ha sido a través de más de tres siglos, un microcosmo cultural de la hispanidad universal.

A pesar de la distancia que siempre ha existido entre esta pequeña nación, con Santa Fe en el centro, alejada de la metrópoli cultural dominante de la Ciudad de México, y aún más lejos de la otra abuela idónea en la península española, esta actual comunidad vive, vibra y luce su orgullo mexicano-español en su propia y buena manera norteña.

Ubicada por siglos en el tradicional concepto de frontera, en la antigua definición española peninsular, durante casi tres siglos, esta parte de *La Nueva México* (sic: Gaspar Pérez de Villagrá) asumió el acerbo total de la hispanidad en los límites septentrionales más alejados del centro del imperio colonial español. En nuestro siglo, el norte ha jugado un importante papel en el renacimiento de la hispanidad mexicana, esta vez publicamente, ante una nueva realidad nacional llamada Movimiento Chicano. Durante estos años heróicos de resistencia y desplante público se publicaron muestras de las letras de antaño, acto necesario para mantener viva la ideología que pedía ahora el pueblo. Ahora, una generación después, vemos que una vez más, esta nación de la nueva frontera, *a Borderlands,* nos regala una novedosa obra de vivencia-ficción: **Más que no love it.**

Celosa de sus valores familiares, religiosos y lingüísticos, esta gente mira todavía con cierto recelo la mirada del extraño, sea hispano o no, de quien pretendiera cambiarla. Es decir, las fuerzas foráneas no han logrado una supuesta transmutación de su ser, y así se ha conservado en los llanos y montañas una identidad bien definida, clara en sus valores culturales, y fuerte porque está asentada en la firmeza de su espíritu.

En el espíritu de estos hispanos yace precisamente lo dife-

4

rente y por ende: lo verdadero de su identidad autóctona, el tesoro de su historia, y la riqueza de su tejido epistemológico. Aquí, todo funciona a beneficio de su realidad auténtica, las que son bases primarias de todos los valores y orientaciones de comportamiento de antes, y de hoy.

Aquí trabaja, sí, *trabaja* muy bien lo antiguo, y lo moderno, lo hispano y lo anglo, con un poco más de cargo hacia lo raza, en la intimidad de casa y el trato social cotidiano, que lo de la cultura casi-dominante de la corriente anglosajona.

Lo antedicho, parece que es menester presentarse para que se entiendan las bases míticas en la creación de **Más que no love it.**

Se establece un aspecto importante, de primer orden, en la obra, es este el espacio social fundamental en la creación del trabajo. En seguida se considera la cuestión de autoridad, establecida ésta en la veracidad de la vivencia de quien escribe. La visión del autor es más válida, se cree, cuando el escritor es parte de la comunidad en cuyo ambiente se genera la ficción. Todo este producto lo comparte el autor con quien lee o escucha lo que se ha escrito. Este es el cuadro de la autenticidad.

La caracterización se observa en la experiencia comunal en su totalidad, rindiendo así a la obra una fuerte ética propia. Esto nos impresiona porque en las personas activas y pasivas vibra la verosimilitud social, sin necesidad del cosmético estilístico.

Si hay personajes sobresalientes se debe a la natural selección por las circunstancias, y aun así éste se nutre de la reciprocidad afectiva de su pueblo quien lo crió.

Nos parece que estamos en presencia de una nomina de carácteres regionales, y así es, parientes todos de la prole de Plutarco, y del desfile humano de **Claros varones de Castilla** (. . .y más recientemente de los de Belken County de nuestro R. Hinojosa S.). Si la caracterización se ha filtrado, acaso, en la natural narrativa de la voz de una hembra, pues hasta mejor, para recordarnos que la cuestión de género, en el negocio de la creación literaria, no tiene que conllevar un cargo ideológico.

El heroe, si acaso lo buscamos, es el pueblo entero, a veces acompañado de un tal Joe Hurts, o una sabia y astuta cantinerita. Nos quedaremos con el pueblo porque así todos los respondientes son exactamente adecuados, a la vez que en sus voces llanas se conjugan las corrientes sociales que importan. De aquí emerge la sabiduría popular y la ironía natural del vivir latino, de La Raza que sabe reír, siempre.

Nos adentramos hacia el corazón de la españolidad norte-americanizada del legendario norte de México, en donde se congregan como en un templo, en el que residen permanentemente sus propios peregrinos; aglutinados todos por el calor del inconsciente comunal, del parentesco mítico cultural.

Mas si nos arropamos del calor que siempre nos ha brindado nuestra ancestral realidad social privada, factor imprescindible en la trascendencia cultural, la que nos ha sostenido el ser a través de los siglos, tendríamos que aceptar que nuestro espíritu está inexorablemente ayuntado por nuestro idioma, el de las variedades chicanas que bien conocemos y aceptamos.

Esta es la sangre principal en nuestra agrupación, sin esto seríamos únicamente americanos, que está en sí bien, pero como hablamos español esto nos confiere una realidad adicional, quizás la principal de la cultura hispana.

Lo que dice la *plebe* (norteñismo), es lo que reporta el autor asumido, Jim Sagel. En realidad ya viene listo para plasmarse, y lo otorga el pueblo mismo, el más grande de los carácteres, en la manera más inmediata y quizás efectiva de la comunicación humana: el idioma hablado, y sus allegados no verbales, todos manitos.

Yace aquí el valor del autor: la verdad de la presentación lingüística, exactamente tal como es. Sin este lenguaje no se puede decir que estamos en un espacio chicano, literario y lingüístico. Y este espacio es el mejor, porque no es hechizo, no está impuesto, se ha creado solo, es decir: es único, porque no hay otro igual. De aquí nace otro imperativo cultural, nos parece, observable, el de la realidad lingüística total de este país, la variedad de sus expresiones, y en **Más que no love it**. . .tenemos una muestra del español americano.

Sergio D. Elizondo
Las Cruces, Nuevo México
15 de junio de 1990

ZAPATOS DE HUEVO

Pasó durante el tiempo de las goteras. Había llovido por cuatro días seguidos, y parecía que todavía iba a seguir. Y ahora, en el cuarto día, las goteras habían empezado—gotas de agua cayendo del techo por toda la casa. Ya mi papá había echado un terregal arriba del techo—hasta miedo le había dado que las vigas se iban a quebrar. Pero, con tanta lluvia, pues el agua tenía que pasar.

Eramos una familia muy cerca, sí—pero encerrados todos juntos por tantos días—pues, estaba duro. Especialmente para una joven de diez años que ya le gustaba imaginarse una mujer y que necesitaba estar sola de vez en cuando. Y luego, en aquellos tiempos—igual que hoy en día—la mujer hacía todo el trabajo en la casa. Nosotras aceptábamos eso—¿qué más íbamos a hacer? —pero cuando todos los hombres se quedaban adentro de la casa, emporcándola y luego estorbándonos para limpiarla, pues se ponía doble de trabajoso. Y mi papá—él era el peor. Era la clase de hombre que siempre tenía que estar ocupado—todo el tiempo trabajando afuera. Todavía cuando me acuerdo de él, lo veo con una herramienta en la mano—un hacha, una pala, un martillo—él siempre andaba con algún negocio. Y cuando llegaban estos tiempos de las goteras—o las nevadas que nos encerraban cada invierno—pues, mi papá se ponía tan nervioso que casi no lo aguantaba uno. Se ponía de muy mal humor y caminaba de un cuarto al otro, como un león enjaulado. Y nos maltrataba a todos nosotros—pero más a mamá, pobrecita—tanto que trabajaba y luego también tenía que aguantar todas las quejas de él en silencio.

Bueno, la lluvia había caído por cuatro días y ya teníamos ollitas y botes por toda la casa llenándose con las gotas que salían del techo, cuando mi tía Juana y mi tío Plácido llegaron. Mis tíos tenían un techo peor que el nuestro y ya ni podían quedarse adentro de su casa. —Es la misma cosa que estar afuera —dijo mi tía Juana. Aunque mi mamá estaba muy contenta de ver a su hermana, mi papá se puso hasta más genioso. Bien sabía yo su opinión de su cuñado—pues, le había oído cuando le decía a mi mamá que el Plácido era un hombre que no servía para nada. Y yo sabía qué mi papá estaba pensando—que si mi tío Plácido hubiera compuesto su techo en lugar de gastar su tiempo con sus "tonterías", pues, entonces no hubieran llegado aquí.

Pero aquí estaban ya, y yo, pues, tuve que dejarles mi cama a mis tíos. Me mudé para la cocina donde no estaba goteando tan malamente. Mi cama nueva era una zalea. Nuestra casa—como todas las casas en aquellos tiempos—no era ni tan grande. Y luego éramos muchos para poder acomodar a mis tíos. Pero nunca hubo cuestión. Eran familia y necesitaban nuestra ayuda. Y nosotros les ayudamos—era nuestro modo de vivir entonces.

Y, a pesar de la mala idea que mi papá le tenía a mi tío Plácido, de suerte que estaba con nosotros. Así, a lo menos, mi papá tenía alguien con quien platicar y el tiempo, tan siquiera, se pasaba un poco más rápido para él. Porque si había una cosa que casi le gustaba más que trabajar con sus caballos, pues era hablar de ellos—tanto orgullo que tenía de ellos. Y sí, eran los mejores caballos en Coyote—no había duda de eso—y yo no sé cuántas veces mi papá le platicó la historia de su Morgan a mi tío Plácido. Ese era su favorito, quizás, porque ya había hecho años que ese caballo se había muerto, y mi papá todavía hablaba de él. Yo misma ya sabía todo el cuento de memoria.

Una vez prendió su Morgan con un caballo nuevo que todavía no sabía jalar. El mismo tuvo la culpa, mi papá repetía a mi tío Plácido, porque fue y le echó demasiado cargo al carro—pura leña verde, sabes. Y luego tuvieron que subir unas laderas bárbaras para sacar el carro de allí—y su pobre Morgan jalando todo ese peso solo. Pero ese caballo, ¡mejor se mataba que rajarse! Ya cuando llegaron, pues el pobre andaba muy enfermo—y, dentro de dos días se murió. Seguro que se había destripado con ese jalón tan terrible—pero ¡qué tristeza!—no había caballo más fuerte que aquel Morgan, mi papá le decía a mi tío.

Y mi tío Plácido—bueno, él nomás decía que sí, que sí, mientras que trabajaba en sus rompecabezas. Esas eran las "tonterías" que para mi papá eran una pérdida de tiempo. Sin embargo, le gustaban a mi tío Plácido tanto como a mi papá los caballos. Y era un hombre muy sabio mi tío, sabes, para poder hacer esas cosas. Pues, agarraba un cartón y lo cortaba en pedazos de todos tamaños y luego los ponía pa'trás. Algunas veces los hacía de madera que componía con su navaja—y luego molestaba a todos que los hicieran—tú sabes, que uno pusiera los pedazos en su propio lugar. Cuando empezaba con eso, mi papá miraba pa'fuera más que nunca y le decía a mi mamá que iba a salir, pero ella no lo permitía. —No nito —le decía—, te vas a enfermar. ¿Qué tienes?

Esa era la única ocasión cuando mi mamá mandaba a mi papá, sabes. Ella no sabía mucho de los animales ni del rancho, pero de la enfermedad—eso sí. Estaba obligada de saber, pues con una familia de ocho hijos. Pero ¡cómo sabía ella de las yerbas! —ooh, todas clases de remedios que hacía a uno tomar. Siempre me repugnaban a mí—¡tan amargosas que eran algunas!—pero ahora tengo que agradecerle porque nos crió a todos nosotros con esos tés tan agrios. Me acuerdo que cuando yo le daba guerra para tomar algún remedio, pues nomás me agarraba de las narices, me abría la boca y échamelo.

Mi mamá se puso más ocupada que nunca con los remedios cuando su hermana llegó en aquel tiempo de las goteras. Mi tía Juana, ve, era una hipocóndriaca. Así decían todos—hasta mi mamá lo sabía, yo creo. Mi tía siempre andaba con alguna queja—tú sabes, dolor de esto y del otro, y ahora que se encontraba rodeada de toda la familia, pues, se falteó peor que nunca. Bueno, tenía a todos para darle simpatía, sabes, y mientras que la lluvia seguía cayendo igual que las gotas adentro, mi tía Juana se quejaba a cada uno de nosotros de sus dolores tan fuertes de cabeza. Mi mamá le preparaba un remedio nuevo cada rato—inmortal, oshá, poléo, ruda—pero parecía que nada le ayudaba. Eso también le hacía la vida pesada a mi papá, y si mi tía Juana no le daba suficiente pena a mi mamá, pues mi papá le acababa de apenar con sus quejas sobre su cuñada. Cada rato le decía a mi mamá que la Juana lo hacía de adrede, y si mi mamá no le diera tanta atención, pues pronto sanaría. Pero mi mamá, todo aceptaba en silencio. Me acuerdo que, en aquel entonces, yo figuraba que ella era débil—que no tenía el valor de responderle. No era hasta años después que entendí que *ella* era la fuerte—que no peleaba por causa de la familia. Ella nos perdonaba por todas nuestras estupideces y faltas, y siempre hallaba el buen lado de cada uno.

Así le decía a mi papá cuando se quejaba tanto de mi tía Juana—y un modo muy propio escogió para explicarle. —Ella es la misma cosa que tú —le decía—. No puede quedarse quieta, sin hacer nada. Es muy duro para ella estarse en una casa ajena sin sus quehaceres. Es nerviosa nomás—lo mismo que tú. Por eso se enferma tanto.

Bueno, ¿qué le podía contestar mi papá a eso?

Otra maña también tenía mi tía Juana. Era tartamuda—quizás siempre había sido. Y, para mí a lo menos, su modo de pronunciar las palabras me daba tanta risa que no me importaba de todas sus "enfermedades". Risa en secreto, seguro—porque eso era una cosa de muchísima importancia entonces, sabes—uno siempre respetaba a sus mayores, especialmente la gente anciana. Pero no podía esconder una sonrisa cuando ella decía, —Vamos a mealos, litas, pa' acostalos.

Y ella se acostaba murre temprano, sabes—nomás se hacía oscuro y ya se acostaba. Luego se levantaba con las meras gallinas. Me acuerdo que la primera mañana que pasaron con nosotros, ya para cuando yo me levanté, ella estaba planchando. —Ya yo laví y planchí y Placidí todavía dumiendo —me dijo—. Ay pelo ¡qué doló de cabeza me 'ta dando, jijita.

Luego mi mamá se levantó a hacer el almuerzo. Después de almorzar, mi papá vació todas las ollas de agua afuera y entró a avisarnos que todavía seguía mal el tiempo. Se puso a hacer un cabrestito de cerdas trenzadas. Mi tío Plácido acabó otro rompecabezas y se lo enseñó a mi tía, pero ella dijo, —No me gutan etas tontelías —y me imaginé que ella había oído a mi papá, pero mi mamá le dijo que mi tío Plácido era muy inteligente para poder pensar todas esas cosas.

Bueno, asina pasaron días, uno trás del otro, y todavía la lluvia metida y las gotas sonando en las ollas, marcando los segundos como un reloj incansable. Pero lo que me acuerdo más que nada —todavía tantos años después—son las noches, porque en las noches mis papaces y mis tíos se juntaban a jugar a la baraja. Mis hermanos se iban al otro cuarto a platicar y jugar sus propios juegos, y a veces me gustaba juntarme con ellos—especialmente cuando mi hermano Belarmino tocaba la guitarra. Pero ellos—como eran puros hombres, y mayores que yo, pues nunca me querían allí. Bueno, pero a mí me cuadraba más quedarme con los adultos de todos modos—para escucharlos, sabes. Jugaban a la rondita y me daba risa con mi tía Juana porque se enojaba tanto con mi tío Plácido. Ella decía que él robaba "grano" todo el tiempo, y luego se excitaba tanto cuando le ofrecía la chanza de darle un porazo. —¡Polazo! —gritaba ella, y tiraba su baraja sobre la de él con toda su fuerza. En aquellos ratitos, mientras jugaba, ella se olvidaba de sus "dolores" y jugaba con una energía bárbara.

Jugaban todas las noches y algunas veces casi hasta la madrugada, porque mi papá era demasiado terco, y si él no ganaba, pues tenían que jugar hasta que, a lo menos, se habían quedado a mano. Y se divertían mucho, sabes—apostaban pollos y platicaban muy bonito, con mi tío Plácido "curando" las barajas con su "brujería" que tanto coraje le daba a mi tía. —Cruz de macho . . . si me dejas perder, te empacho —decía—. Cruz de encino. . .si me dejas perder, te empino.

Pero lo mejor de todo era cuando acababan el juego. Luego mi mamá y mi tía hacían café y buñuelos y se ponían a sabrosear y mitotear. Ya me habían acostado para esas horas, pero como mi "cama" quedaba cerca de la mesa, pues todo oía. Era entonces que salía todo el chisme de los parientes y los vecinos. Era una noche de esas cuando aprendí que mi tía Elena se había casado con su primer esposo con las esperanzas de que se muriera. ¡Sí! Era en los tiempos de la guerra mundial, y mi tía se casó con aquel hombre el día antes de que se fuera para la guerra. Ni lo quería, decían, pero estaba convencida que nunca volvería de la guerra—bueno, era un hombre chaparrito y ni tan saludable. Quizás mi tía se casó con él porque esperaba su pensión. Luego, ¿sabes qué pasó? Pues, ni lo aceptaron en el ejército—yo no sé si no era grande suficiente o enfermo o qué, pero el cuento es que él volvió —presto. Y mi tía Elena, pues lo dejó, ya que no iba a sacar su dinerito.

También se ponían a hablar de la brujería algunas noches, pero eso no le gustaba a mi papá. Para él, la brujería era nomás otra "tontería". El nunca había visto ninguna de esas cosas—"ni una pura bola de lumbre"—y él sí se había paseado a caballo por todas estas partes en la noche, y toda la vida también. Pero siempre mi mamá y mis tíos platicaban de las brujas y ¡cómo me espantaba yo! Acostada allí con los ojos apretados y el sonido constante de las gotas en las ollas—pues, muy bien podía imaginar las caras desfiguradas y horribles de las brujas malditas—y sus gatos negros y tecolotes. Platicaban de aquella vieja allá en el Cañón de las Grullas—la Pilar, la que tenía la fama de ser una esclava del diablo. Mi tía hablaba de aquel velorio cuando la Pilar trujo una olla de frijoles que nadien atocó—y luego para la siguiente mañana ya estaban podridos y agusanados. Luego platicaban de unas cosas tan escariotas que yo casi no las podía creer—como cuando la Pilar se enamoró de un hombre casado de las Pol-vaderas. Cuando él no quiso dejar a su mujer por la Pilar, pues lo embrujó con un cigarro que le dio, y el pobre hombre se hizo mujer. Ooh—cosas increíbles—tan mágicas y tan misteriosas.

Yo no sé, pero creo que siempre sabía que alguna cosa iba a pasar entonces, en ese año de las goteras tan malas. Es una habilidad que yo siempre he tenido. Ni yo misma la entiendo, pero en veces puedo sentir lo que va a suceder. Y la misma cosa entonces—nomás que era la primera vez que me pegó tan fuerte, y no entendí lo que estaba sintiendo.

Ya había hecho seis días que mis tíos habían estado con nosotros—y todavía lloviendo. Oh—se quitaba por ratos, pero pronto empezaba a caer otra vez. Pero las goteras de adentro—pues, nunca paraban. Ya le estaba dando dolores de cabeza a mi tía Juana más fuerte que nunca, y mi mamá estaba bien apenada. Ese día, al fin decidió de darle otra clase de remedio, porque mi tía dijo que tenía calentura también—y sí, parecía que tenía fiebre. De modo que mi mamá batió unos blanquillos que le puso en la cabeza y en los pies, amarrándole estos con unas garras. Le dijo que se acostara en el cuarto de atrás. Bueno, la acostaron y, yo no sé qué pasó, pero yo creo que era causa de su nerviosidad—pues, nunca podía quedarse sentada por mucho tiempo. El cuento es que cuando nos sentamos a cenar, mi hermano Eduardo gritó:

—¡Aquí viene mi tía Juana gateando con los zapatos de huevo a greña!

Corrimos pa'llá—y sí, mi tía Juana venía a gatas por el co-rredor con los "zapatos de huevo" levantaditos atrás. Pues, imposi-ble no reírnos—¡tan curiosa que se miraba! Y toda la noche se-guimos riéndonos cada vez que alguien mencionaba "zapatos de huevo". Hasta la mañana, cuando mi tía amaneció muerta.

Nunca supimos qué le había pasado. En aquel entonces, sin doctores, pues la gente nomás decía que "le dio un torzón y se murió". Y esa misma mañana, después de diez días de lluvia, el cielo abrió y el sol salió. La velamos en casa, y aunque la lluvia se había quitado, todavía seguían cayendo algunas gotas adentro de la casa. Pero nadien las notaba ya que se mezclaban con las lágrimas.

Mi tío Plácido, me acuerdo, se quedó sentado todo el día con el cuerpo, mirándolo con una intensa confusión casi como si fuera otro rompecabezas que, después de una larga contemplación, tal vez podría resolverlo.

No hay que decir que todos nosotros andábamos con un sentimiento grande por habernos reído de ella—mi papá peor que nadien. Pero entonces pensé—y todavía pienso—que era bueno que nos habíamos reído tanto. Para mí, era como un último regalo de mi tía tartamuda que, a pesar de todos sus dolores y quejas, siempre sabía divertir a la gente.

Pues, mira—ya después de tantos años, con mi mamá y mi papá también muertos ya, todavía me acuerdo de mi tía Juana y aquel tiempo de las goteras. Y aunque ya no cae agua por aquí, y hasta la casa de mis papases se ha deshecho con el tiempo, mi tía Juana todavía viene gateando a greña por mi memoria. En sus zapatos—sus zapatitos de huevo.

QUIÉN SABE QUÉ SERÁ EL PROBLEMA ALLÁ

Pos, ella ya había andao ahi en el banco con un *fregal* de gente, y ni uno le podía ayudar. ¡Quién sabe qué será el problema allá! Pos, nomás la mandaron de una persona a la otra. De modo que aquí está ora en la estafeta con un puñao de cobros de Kit Carson Electric Co-op y una línea de gente detrás de ella, explicando toda la historia al jefe de la estafeta por la tercera vez de como su pobre hermanito está recibe y recibe estas cuentas de electricidá y el Kit Carson cóbrale y cóbrale y cóbrale al pobre y él casi ni usa la luz.

Pos, no era para que le cobraran cincuenta pesos. Ni ella gasta ese tanto en un mes, y ella sí usa su televisión y su máquina de coser, y ellos cóbrale y cóbrale y cóbrale al pobre viejito que ni la televisión pone.

Pos, ella ya no jalla qué hacer, y esos del banco, ahi onde paga la luz, pos, ni uno le podía ayudar. ¡Quién sabe qué será el problema allá! El jefe de la estafeta la mira en silencio, como ella no le permite responder entre los manotazos que sigue dando con los cobros—cóbrale y cóbrale y cóbrale. Varios clientes se desaniman y se van, pero yo me quedo a escuchar la historia por la cuarta vez porque yo también quiero saber cómo el gobierno le va a contestar y qué será el problema allá de que están cóbrale y cóbrale y cóbrale al pobre que ni la televisión pone.

EMBÓCAME EN LA MAL CASA

para Chris

Era una mujer muy viva mi tía Tomasita, sabes. Pos, tantas cosas que sabía hacer, y luego hasta aprendió a hablar inglés—mejor que ningún otro de la familia. Ora me estaba acordando de aquella vez cuando comenzó a trabajar por esos gabachos en Santa Fe—tú sabes, cuando se vino de Coyote. Como no sabía ni una palabra en inglés, pos tuvieron que comenzar con señas. Mi tía Tomasita, me acuerdo, platicaba que la primera mañana, el patrón quería almorzar "scrambled eggs". Güeno, en aquel entonces, ella no entendía qué quería decir eso. De modo que el patrón le enseñó donde quedaba el gallinero, levantó dos dedos, y meneó la mano en un círculo, queriendo explicarle que quería dos blanquillos revueltos. Güeno—quizás mi tía pensó que estos gabachos sí vivían una vida basante lujosa, porque fue derecho al gallinero y pescó dos gallinas. Luego, las agarró por el pescuezo y las mató, en la misma manera que ella siempre las había matao—volteándolas hasta que el cuerpo se desprendió de la cabeza. Entró a la casa y las frió—pos, ¡asina había entendido ella!

Pero sabes que ella aprendió inglés muy bien después, aunque no le gustaba usarlo tanto. Pos, nunca me habló en inglés a mí. Hasta una vez me dijo que ni le gustaba ir a misa en inglés porque a ella se le hacía que su Tata Dios no iba a entender sus oraciones. Güeno—y tuvo que trabajar muncho para aprender tanto, sabes. Pos, mi tía siempre había sido una mujer de la sierra. Ella hacía todo el negocio allá, lo mismo que sus hermanitos. Pos, andaba a caballo y lazaba becerros igual que ellos. Partía leña, hacía adobes, enjarraba paderes, encerraba zacate—oh, ¡ella sí era una hombrota! Yo ni puedo imaginar qué tal extraño se le hacía la suidá cuando se mudó pa'cá. Pos, mi tía estaba bien impuesta a pasearse por toda la sierra de allá—y conocía aquellas mesas mejor que tú conoces esta callecita. Pero la plaza, pos era una travesura pa' ella, con todos los caminos y tantas casas que se parecían una a la otra.

No sé si ella te platicó de aquella vez cuando se perdió. Pos, también pasó cuando apenas había comenzao a trabajar aquí. Una mañana venía caminando a la casa de su patrón. Nomás que él tenía varias casas en aquel lugar—vivía en una, y las otras las tenía arrentadas. Pos, pobrecita mi tía se trocó y entró en la mal casa. Pensaba, dijo, que era poco curiosa la casa—un poco diferente, pero ella no se fijó. Güeno, echó lumbre en la estufa pero pa' hacer un cafecito, pos no jallaba la cafetera. Eso también se le hizo extraño, pero al fin la encontró y la puso arriba de la estufa. Luego no pudo jallar el café tampoco, y entonces sí malició que andaba en la mal casa. Se espantó la pobre y salió huyendo, dejando la estufa todavía ardiendo.

Todo el día mi tía se apenó de su equívoco. Estaba cierta que le iban a avisar a su patrón la tontería que ella había hecho. Güeno, la pena era tanta que ni durmió en toda la noche. De modo que decidió ir a su patrón la siguiente mañana a confesarle—se le hacía que era mejor que andar con aquella pena. Y pa'que él viera cuánto ella había aprendido en tan cortito tiempo, le confesó en inglés. Izque le dijo: —Yesterday morning I am coming from the town... embócame en la mal casa, y make fire in stove.

Güeno, asina era mi tía Tomasita, pero ¡qué cambios vido en su vida! Y pudo aceptar cada uno y ella cambiaba igual con los tiempos. Pero, a la misma vez, nunca dejó sus mañas viejas—la vida de antes, sabes. Pos, hasta el último tuvo su huerta, y era bastante grande también. Ella hacía todo el trabajo—¡toditito! Yo siempre me ofrecía a ayudarle, pero ya para la hora que caiba yo, ella siempre tenía todo escardao o regao. ¡Qué mujer pa' trabajar!—güeno, como todas las mujeres de antes, según decía ella. Pero yo nunca en la vida he visto a otra persona que trabajara como mi tía—nunca se sentaba a descansar, ni un puro momento. Hasta cuando se sentaba, tenía que tener su croche. Tú sabes, todo el tiempo crochi y crochi mientras platicaba. Pos, una vez hasta se durmió en su silleta con las manos todavía crochando. ¡Hasta en el sueño quería seguir trabajando!

No, nunca dejó de trabajar, pero tampoco dejó de apenarse. Y no nomás cuando se metió en la mal casa. Mi tía estaba convencida de que tenía cáncer. Y no sólo en un lugar sino en todo el cuerpo. Tenía cáncer en la pierna—ahi era donde se había comenzao, sabes. Luego—¿quién sabe cómo?—pero se había prendido en su hígado también. Después lo tenía en los pulmones y luego había caminao por los "sinuses" hasta el mero seso—pos, asina decía ella. Y ¿sabes cómo sabía ella que tenía ese cáncer? Pos, mi tía había leído el "x-ray" en la oficina de su doctor. Sí—ella había visto ese retrato, y ahi estaba el cáncer, muy claro, sabes.

Yo me acuerdo que cuando al fin la admitieron al hospital esa primera vez, mi tía estaba cierta que ya se iba a morir. Me dijo que le iban a dar un "shote" para que se muriera—tú sabes, lo mismo como hacen con los perros viejos. Güeno, y no era más que una corta visita para hacer unos "tests" en ella.

Claro que resultó que ella no tenía el cáncer que estaba afe-rrada de que tenía. Pero sí tenía el azúcar en la sangre. Quizás los doctores le dijeron que lo había tenido por un güen tiempo ya, sin saberlo. Pero era un gran equívoco decirle eso, porque mi tía Tomasita figuró que si había vivido hasta entonces sin saber nada de la enfermedá, pos pudiera seguir ignorándola. Sí—aunque los doctores le dieron una dieta muy estricta, ella nunca la siguió. Todavía comía todas las tortillas y papas fritas que quería, y nunca dejó de fumar. Sí, se curó con las yerbas, porque creía en los reme-dios de la casa, y al cabo que un té hecho de la raíz del capulín no le haría ningún mal. Y claro que trabajaría en contra del cáncer que mi tía estaba todavía convencida que tenía. Pos, esos doc-tores nomás no le habían dicho nada del cáncer para que no se apenara ella. Bien sabían ellos que ya no tenía ninguna chanza—pos, el cáncer ya se había destendido por todo el cuerpo. Ellos habían figurao que era mejor que ella su muriera en paz—en la casa, sabes. Asina decía mi tía Tomasita. Nomás que no se murió por varios años. Y cuando sí le tocó, pos no se murió en su casa.

Pobrecita mi tía Tomasita. Es como todavía la puedo ver aco-stada en esa cama del hospital con todas las agujas clavadas. Ya no hablaba pero sus ojos—pos, sus ojos me pedían que la llevá-ranos a su casa donde pudiera morirse con dignidad. Pero no lo hicimos—güeno, todavía teníamos esperanzas de que se mejorara—pero siempre me ha pesao eso. Luego, tampoco la velamos como a ella le hubiera gustao—tú sabes, al estilo viejo, con todos los vecinos y la familia en la casa, comiendo, rezando, y cantando toda la noche. Güeno, pero ya nadien hace eso—pos, todos vamos a la mortoria. Y asina hicimos con mi tía Tomasita— hubo un rosario en la Casa Funeraria Block y ahi se acabó todo.

Pero lo peor de todo era el funeral. ¡De suerte que mi tía no sabía cómo era! Ahi estaba toda la gente anciana—los que todavía se quedaban, sabes, en los primeros bancos. Pero el padre—no el padre Martínez que tanto lo quería mi tía, pero un cura nuevo, un gabacho de Michigan—pos, habló completamente en inglés. Hasta cantaron nomás en inglés. Y yo no podía pensar en más que lo que mi tía Tomasita siempre decía—que su Tata Dios no entendía los rezos en inglés. Y, para estar cierta que le alcanzaría a lo menos una oración, yo recé el Padre Nuestro en el idioma de mi tía, en la lengua de su Tata Dios.

Claro que me contentaba con todas las memorias que tenía de mi tía—de sus mañas y chistes, de su fuerza tan increíble. Me imaginaba de lo que hubiera dicho si ella misma hubiera llegado a la iglesia para su funeral: —Yesterday morning I am coming from the town. . .y embócame en la mal casa.

Sí—con ese pensamiento me dio hasta una sonrisa en la línea de los dolientes. Y el dolor, pos, ya no era tanto.

ESTE PIFI

Este Pifi. Bueno—Epifanio se llama, pero todos lo conocen como "Pifi". Y cómo lo conocen aquí en esta "cantina de la vecindá"—que quizás no tiene más nombre. Es la tercera barra de la noche, sabes, y quién sabe qué tantas cervezas—yo ya dejé de contar.

Primero fuimos al Club Tropicana. Yo no tenía ganas de ir, pero como ya hacía años que el Pifi me había querido "sacar de la casa", y como es mi vecino y hasta casado con una prima, pues, al fin me fui con él. Pero no nos cuadró el Tropicana—tenían una banda que no valía maceta. Unos batos de Chimayó—"Alfonso y los Serenaders". Pero ¡qué horribles!—pues, parecía que ni sabían tocar los instrumentos. Bueno, pero eso no importaba tanto porque nomás abrían sus amplificadores a todo vuelo y un puro barullo hacían.

Ya cuando nos cansamos de gritar, nos pintamos al Swan Club. Eso era la idea mía, pero tampoco sirvió. Yo sabía que debía ser más quieto, pero no esperaba que pareciera una casa funeraria. Bueno, nunca ando en las cantinas—¿qué iba a saber yo?—y aunque me hubiera gustado muy bien quedarme ahi a pasar unas horas platicando y pistiando, mi vecino—el veterano, sabes— quería más acción.

De modo que acabamos nuestras "Buds" y vinimos pa'cá a "la cantina de la vecindá" donde uno "tan siquiera puede mirar a una mujer", como dice el Pifi. Tengo los codos pegados en la mesa roñosa y no puedo resollar por todo el humo de cigarro en este lugar, pero el Pifi está contento. Pide otro "round" de birongas y se levanta a echar un cuara en el "jukebox" para tocar su canción favorita.

"A muy buen tiempo me dejas, Lucille. . .con cuatro niñitos y crops in the fil"—comienza la canción mientras el Pifi canta junto con los hermanos Martínez en el disco.

—Asina mero son las mujeres, cuate —me dice—. Te tienen

de puro palo blanco. Pos sí—te sacan todo y luego te abandonan solito en el fil.

Sé que el Pifi anda peleando otra vez con su mujer—su "consorte", como él le dice. Ya sus batallas domésticas son una verdadera leyenda en la Angostura, sabes. Bueno, ya después de tantos años, quizás se han acostumbrado a su "estado de guerra" y ni fuerza hacen de esconderlo. ¡Hasta balazos tiran! Pues, una vez sonó un tiro allá en su casa—era medianoche ya—y yo no hallaba qué diablos hacer. Mi esposa me dijo que llamara a los chotas, pero tenía miedo de entremeterme. Luego de repente, el Pifi salió y se fue matándose en su troca. ¡Ay, ya la mató!—gritó mi mujer, pero luego la Marta también apareció y se peló en su Ambassador como una loca. Bueno, a lo menos supimos que estaban vivos.

—¡Qué sanamabitche, hombre! Son unas demonias estas mujeres —dice el Pifi—. Pos sí, cuate—es como dice aquel verso:

Las mujeres son el diablo
Son hijitas del demonio—
Con una tijeras mochas
Pelaron a San Antonio.

—Es la mera neta, mano —continúa, empinando su Budweiser—. Pero no podemos vivir sin ellas, ¿no?

Y sin dejarme la chanza de responder, el Pifi sigue: —Pero sabes que yo tenía *munchas* novias cuando era joven. ¡Oh sí! Pos, tú sabes cómo es cuando uno le entra a ese negocio de hacer rosca, ¿no? Pos, yo tenía cinco novias cuando andaba en Corea, sabes, y cada una me decía que quería casarse conmigo. Tan pronto como volviera, ya querían pescarme. Pero luego fui y eché una carta en el mal envelope y—¡qué chinga!—ya pa' cuando supe, pos todas sabían. ¡Ay mano!—ya después ni una me escribía—pos, yo no recibía más que las puras cartas de mi jefita. Y luego cuando vine pa'trás, pos acabaron de fregarme. Güeno, esas demonias fueron y les dijeron lo que había pasao a todas las mujeres en la plaza, quizás—pos, ya no podía jallar ni una novia. ¡Qué friega, hombre! Pos, tuve que ir hasta Truchas pa' buscar una muchacha. ¡Estaba cabrón, cuate! Pero esos eran otros tiempos, tú sabes. Todo era muy diferente. Pos, no había casi ni un gringo aquí. Pero ¡qué cabrón! Nomás volví de Corea y jallé todo cambiao. Ya ni conocía a los vecinos, mano—eran puros gabachos cabrones. Pos sí, esos gabachos ya nos tienen como la gallina de abajo. Tú sabes el dicho, ¿no?—la gallina de arriba siempre caga en la de abajo. Pero ¿sabes una cosa? Más que sean unos sanamabitches, los gabachos no son na'a en comparición con ese Cejón. ¿No sabías que ese cabrón me había robao el Tuerto?

—¿Qué—su gallo? —le pregunto, sabiendo todo el tiempo que el Tuerto es el gallo más viejo y malvado de la Angostura—y que también es, por alguna razón inexplicable, el animal favorito del Pifi. Yo, por mi parte, he hecho fuerza de matarlo varias veces ya—y con buena razón también. Bueno—el Pifi me da todos los blanquillos que quiero—"curre y júntalos", me dice. Pero cada vez que entro en su gallinero, ese gallo condenado me tiene que romper. Siempre voltea la cabeza, enseñándome su ojo ciego—yo creo que para engañarme. Luego, cuando menos me descuido, aquí está picoteándome en la pierna. Cada vez le doy una patada más fuerte—pues, vuela hasta el otro lado del gallinero, sabes. Y yo con el miedo que lo he matado, sabiendo que este diantre de plumas y rabia es la mera vida del Pifi. Pero cuando vuelvo por más huevos dos o tres días después, pues ahi está otra vez, más bravo que nunca. Yo te digo—ese gallo ha sobrevivido crecientes, enfermedades, ladrones, y hasta los hatajos de perros mesteños que andan vagando todas las noches por la Angostura. Es indestructible, quizás, y tengo que esconder una sonrisa cuando le digo al Pifi:

—¡Qué lástima que perdites tu gallito!

—Sí, pero se escapó y vino pa'trás—y yo sé quién era el ladrón también. Pos, el pobre vino del rumbo de ese cabrón de Mister Cejón. Sabes que dicen muy bien en esa historia de San Isidro— que no hay cosa más triste en todo el mundo que tener un mal vecino. Pos, ese hombre me estorba peor que un pedo atorao, cuate. ¡Cómo me da guerra!—como con ese arroyo.

Me pongo a desgarrar el papel de mi botella, cuidándome a ver si puedo quitar el "Anheuser-Busch" en un pedazo completo. El Mister Cejón, sabes, es Freddy Martínez, el vecino pal sur del Pifi con las cejas peludas y los dedos livianos. Y esta "guerra del arroyo" entre el Pifi y el Mister Cejón, pues es una batalla histórica, como aquéllas de los corridos. Quizás empezó cuando el Mister Cejón hizo fuerza de voltear el arroyo pa'rriba con su tractorcito Ford. Bueno, cierto que no le valió—nomás llegó el primer aguacero de julio y el agua hirvió derecho al río, llevando toda la arena que el Mister Cejón había metido. Luego el Pifi se animó y consiguió a la familia Salazar a que le hiciera una tapia larga y gigante en su lado del arroyo. Aunque todavía no ha llegado una creciente para experimentar su defensa, el Mister Cejón siempre se enojó y agarró un "back-hoe" para hacer unas verdaderas paredes de arena en su lado del arroyo. De modo que ahora no queda más que una estrecha acequia entre la tapia de piedra y las montañas de arena. ¡Quién sabe qué irá a pasar cuando se llene ese arroyo!

—No sé qué voy a hacer con ese cabrón —dice el Pifi, prendiendo un fósforo a su Lucky Strike—. Pero, ¡qué huevos! —queriendo cambiar el arroyo pal norte. Pos, todos saben que el sur queda debajo del norte, y que l'agua tiene que buscar la cuesta abajo. ¡Es la naturaleza, cuate! Oyes, vamos a tocar esa canción de la Lucille otra vez. ¿No quieres otra fría?

—No —le digo, mirando el reloj que ya marca cinco para las dos—. Vale más pintarnos, hombre.

—Oh no, mano. ¡Todavía está muy temprano! —declara. Pero la cantinera cansada no está de acuerdo con eso, y le dice al Pifi que ya no hay ni Lucille ni otra Budweiser tampoco, pues la barra está cerrada.

—Güeno, vamos a mearnos pa' irnos —dice el Pifi—. Parece que ya nos van a correr de aquí. Pero tengo una botella de Seagrams en el chante. ¡Vamos pa'llá, cuate!

Y tropezamos al excusado, mientras que la cantinera limpia la barra y comienza a apagar las luces.

—Sabes que yo tenía *munchas* novias cuando era muchacho —me dice el Pifi, mientras que los dos erramos el bacín, meándonos los zapatos.

¡QUÉJESE!

—Cada uno de nosotros cuida a papá por dos semanas —la mujer nerviosa con el cabello hecho rizos me dice. Mira su reloj cada rato mientras espera al doctor con su papá de ochenta y tres años. El pobre viejito resuella con dolor y dificultad, a causa de todo el polvo de carbón que ha resollado en su vida.

—Me acuerdo que mi papá casi nunca estaba en la casa cuando yo era muchacha. Soy la mayor, sabes—y me acuerdo que él pescaba el Chili Line pal norte a trabajar en las minas en Ludlow y Walsenburg. Se quedaba allí por meses—pos, sólo llegaba en casa el puro día de crismes.

—Dame un vaso de agua, hija —dice el viejo, tosiendo y esforzándose por aire. La mujer se levanta con un suspiro y vuelve con el agua a seguir platicando.

—Semos once hijos, y cuidamos a papá entre nosotros— ahora que mamá se fue. Güeno, semos nueve en realidá, porque el George anda en California y la Prescilla. . . .

Ahí deja de hablar mientras que contempla las uñas y el viejo cierra los ojos, pero no para descansar.

—Pero no nos atrevemos a mandar a papá a una casa de viejos —vuelve a hablar—. Oh, algunos dijeron que sí deberíamos, pero papá no iba a durar en uno de esos lugares. El está bien acostumbrado a estar en su casa, rodeado de la familia. Y yo les dije— nomás lo mandamos pa'llá y pronto se nos va a ir.

Y en el mismo momento que ella alza el brazo a ver la hora otra vez, su hermana—la que quizás esperaba—llega. Después de un abrazo mecánico, la primera hija le dice a su papá—en alta voz, como se ha hecho medio sordo: —Ya me voy, daddy.

—¿Por qué? —pregunta el viejo, mirando a su nueva patrona con el túnico negro y los ojos severos.

Aunque el anciano no parece contento con su nueva situación doméstica, de repente pierde el resuello otra vez. La hija de la cara helada camina directamente a la secretaria, exigiendo saber por qué él no ha visto a su doctor todavía.

—¡Mi papá no está nada bien! —declara—. ¿Cómo demontres pueden hacerlo esperar toda la mañana en su condición?

Y a pesar de toda la plática que su hermana me dio, esta brava no me dice ninguna palabra. Pero sí platica con su papá, preguntándole cómo se ha sentido, comido y dormido. Saca un peine de su bolsa para peinarlo y endereza su cuello. Y claro que sigue platicando de la familia y el friazo y la falta de nieve que nos va a pesar en la primavera. En efecto, no deja de platicar un puro momento hasta que al fin lo llaman y la nodriza viene por él.

—¿Cómo estamos hoy, señor? —pregunta la nodriza.

—Bien. . .estoy bien —contesta el viejo con un cansancio en la voz.

—¡No, apá! —grita la hija, apretando su brazo mientras le ayuda a pararse—. ¡Ora es el tiempo pa′ quejarse! ¡Quéjese!

MÁS QUE NO LOVE IT

—Ora sí soy como el difunto Nazario—lo mismo de quebrao.
Güeno, es la pierna que me friega tanto—quebrada dos veces.
Y luego con todos los años que traigo encima. . . .

Es mi abuelo hablando, naturalmente. Y entre más se queja,
más peso pone en el garrote que arrancó de un álamo caído. No
le afecta nada andar millas por el monte en busca de un becerro
o un venado. Pero aquí en el camino pal Santuario de Chimayó—
pues, según su plática, apenitas la puede hacer. Nomás que todavía anda adelante de nosotros y ni descansar quiere.

Bueno, lo que pasa es que él no quería venir. Ya hace años
que mi abuelo se retiró de su trabajo de plomero, pero esta maña
de siempre andar "con oficio", como dice él, pues quizás nunca
la va a perder. Y cuando mi abuela le dijo que él iba a tener que
ir pal Santuario, mi abuelo contestó que era un puro gasto de
tiempo—que él tenía su "negocio" pa' hacer, y si ella quería tanto
ejercicio, ¿por qué no lo acompañaba a escardar el chilito?

Pero al fin lo obligó a ir. Bueno, esta caminata es *para* mi
abuelo, sabes. Estamos cumpliendo la promesa que hicimos el
invierno pasado cuando la pulmonía se lo escapó de llevar. Mi
abuela y mi mamá prometieron esta peregrinación al Santo Niño
entonces, y ahora, pues aquí andamos en el camino a la capilla.
Cuando andábamos planeando el viaje, mi mamá le dijo a mi
abuela que ella no debería forzar a mi abuelo ir con nosotros. Sí,
claro que había sanado y ahora estaba más fuerte que nunca—
"but you know he doesn't like to go", dijo mi mamá.

—Más que no love it, él va a ir —respondió mi abuela—. El
también prometió.

Cierto que mi abuelo no se acuerda de aquel compromiso,
pero mi abuela sí lo tiene bien grabado en su memoria—lo mismo
que cada momento del pasado. Pues, es una cosa que tienes que
entender—mi abuela es como una enciclopedia de la historia.
Te puede platicar exactamente lo que tal y tal compadre le dijo

a tal y tal comadre en tal y tal día de tal y tal año. Te platicará cómo estaba vestida la comadre, dónde vivía el compadre, cómo estaba el tiempo, y qué andaba haciendo ella allí. Y, para explicar eso, pues claro que tendrá que darte una historia completa de la familia del difunto compadre que era el primo hermano de la madrastra de su tío, y de la comadre que era la nuera de la vecina que más antes vivía en la Gallina, pero ahora compró un "trailer" en Apple Valley, pero ¡qué lástima!—ya la pobre tiene cáncer. Y mi abuela se acordará si era el día de San José, Santa Clara, San Isidro, o San Quién Sabe Quién, porque así mide los días de los años de los siglos, amén. Mi abuela sí es una mujer retereligiosa.

Pues, por eso andamos en el camino pal Santuario hoy en el peor día del año, el día de la Pasión de Nuestro Señor Jesucristo. Eso digo porque el "Good Friday" es el día cuando todo el mundo se pone los "tenis" para andar pa' Chimayó. Es una tradición aquí en el norte de Nuevo México, pero claro que no es el tiempo propio para andar contemplando el sufrimiento del Señor—pues, es un carnaval. No que soy tan santita. Yo vine nomás para ver a toda la plebe, pero mi abuela no. Ella insistió en venir hoy porque el arzobispo está andando también. Y no hay que decir que él es la mera estrella del "show" pa' mi abuela—como es el primer mexicano que hemos tenido de arzobispo y luego "tan bonito que es", como dice ella. Nomás que él anda muy adelante de nosotros, quizás, porque no lo hemos visto. Bueno, comenzamos un poco tarde, sabes. Deberíamos de haber estado en la iglesia de Santa Cruz para las siete de la mañana—a esas horas iban a salir, todos junto con él. Pero no llegamos allí hasta, bueno. . .casi las ocho, yo creo, porque tuvimos que esperar a mi abuelo. El había estado en el corral asistiendo las gallinas y el marrano, y no quiero decir que lo hizo de adrede—y claro que no hay necesidad de decirlo, porque mi abuela sí lo ha dicho, y no nomás una vez. Luego lo apuró también cuando salimos de la iglesia—tú sabes, para alcanzar al arzobispo.

—¿Qué apuros tienes, mujer? —él le preguntó—. No andamos en una carrera aquí. Tú te vas a cansar demasiao.

Y ¿sabes cómo le contestó mi abuela? —Tú te vas a cansar —le dijo—. Orita te va a correr l'agua por el mero arroyo jediondo.

Asina es mi abuela—pues, una vez cuando andaban visitándonos, mi abuelo había decidido que ya se iban a ir. Nomás que mi abuela todavía no estaba lista para marcharse. Bueno, al rato mi abuelo se fue y se sentó en el carro, y cuando mi abuela se tardó, pues empezó a pitarle. Entonces sí, ella salió de la puerta, diciendo, —¡Cabrón!

Luego, en el mismito resuello, le dijo a mi mamá, —Ruégale a Dios, hijita, que le dé paciencia a tu pobre mamá.

Se me hace que mi hermanito también debería pedirle un poco de paciencia al Señor, pues anda con nosotros, pero con muy mal gusto. Bueno, este año entró en la escuela secundaria—el libro diez, sabes—y hoy está muriéndose de vergüenza. ¿Qué si sus amigos lo ven con sus abuelitos, su mamá, y su hermana andando en el camino como un pendejito? Luego, mi abuelo tiene su leva puesta, una "levi jacket" acabada que tiene más agujeros que un cedazo, y que siempre la tiene que usar sin fijarse en el tiempo o la ocasión. Y claro que mi abuela anda con su sombrero colorado—uno de aquellos de estilo muy viejo, que sólo se miran ahora en los programas del siglo pasado en la televisión. Pero lo peor de todo es lo que mi mamá le dijo a mi abuela.

—¿Sabe que el Marcos tiene una novia que vive por aquí?

—¡Qué güeno! —exclamó mi abuela—. Llegamos a su casa por un vasito de agua y para que ella conozca a la agüela de Marquitos.

No sé si mi abuela dijo eso en serio o no, pero así lo tomó mi hermanito, de modo que él anda escondiéndose, metiéndose detrás de los árboles y adentro de los arroyos, y siguiéndonos desde arriba de las lomas. Pero cada rato mi mamá le grita y lo hace acercarse a nosotros. Viene, pero muy despacio y colgando jeta. Y ahora, pues, tiene una expresión más fea que nunca, porque mi abuela ha comenzado a cantar—¡cantando en el mero camino con toda la gente alrededor!

—Bendito, bendito, bendito sea Dios. . . . Los an-ge-les can-tan y a-la-a-ban a Dios. . . .

—Este garrote me hace acordarme del difunto Nazario —dice mi abuelo, interrumpiendo aquella canción más larga y aburrida que "99 Bottles of Beer on the Wall".

—Güeno, no conocí al difunto Nazario tanto. Ya estaba muy

viejo cuando lo conocí—quebrao ya lo mesmo que yo ahora. Me
acuerdo que siempre andaba con la ayuda de un garrote como
este. Nunca compró una muleta—nomás cualquier garrote que
jallaba. Era francés—vino de Francia cuando era mediano. Y vino
solo, quizás—pero todo era libre antonces. Se casó con una mujer
de Coyote....

—La Onofre —dice mi abuela.

— ....Se casó con una mujer de Coyote —repite mi abuelo,
ignorando a mi abuela—. Hicieron casa allá y tuvieron familia.
Muncha familia tuvieron....

—Siete hijos y cinco hijas...y dos que se murieron de
chiquitos —interrumpe mi abuela otra vez.

— ....Tuvieron muncha familia —continúa mi abuelo—. Y
el difunto Nazario criaba borregas—un hatajo muy grande tenía.
Yo le cuidaba sus borregas cuando era chamaco. Las arreaba por
aquel monte hasta Española. Ahi tenían un corral grande en la
Casa de Woods—ahi onde vive el Merced ahora. Güeno, ahi las
encerraba y me venía pa'trás a Coyote. Pero no conocí tanto al
difunto Nazario. A su hijo, mi compadre Carlos, sí lo conocí bien.
Güeno, cuidé su rancho por varios años. Lo sembraba a tercios
antonces—junto con mi propio rancho en los Chihuahueños.
Pero ¡qué güen rancho tenía mi compadre Carlos! Pos, el primer
año cosechamos cuatrocientos sacos de papas ahi.

—No eran tantos así —dice mi abuela.

—¡Cuatrocientos sacos de papas! Pos, le tuve que pagar a la
gente en papas pa' ayudarme a sacarlas de ahi. Y no era como
hoy en día que hay güen camino—¡oh no! Era nomás una vereda
antonces y, en los carros de caballo, pos no podía uno echar munchos sacos a la vez. Y para bajar de ahi—¡una barbaridá! Pura
cuesta abajo—muy duro.

—¿Duro? —dice mi abuela—. ¡Una compasión era!

—Oh, pero tú —contesta mi abuelo, y me doy cuenta que es
la primera vez que él le ha reconocido en esta conversación—, tú
siempre tenías tanto miedo de los animales.

—Sí...y ¿cómo no? ¿Qué de aquella vez cuando fuimos por
albarcoques?

—¿Qué pasó entonces? —le pregunto a mi abuela.

—Güeno, él me dijo que era un caballo mancito—murre dócil

—me dice, con una mirada de disgusto, como si hasta dolor le da para acordarse—. Me subí con él a ancas—de pura tonta, sabes. El viaje pa'llá estaba malo de por sí, pero en el camino pa'trás reparó ese demonio de caballo.

—¿La tiró?

—No, gracias a Dios, pero ya cuando llegamos a la casa, los albarcoques en el costal venían batidos, y yo con las piernas bien peladas, quizás de la fuerza que hice de detenerme en el caballo.

—Sí, estaba muy "rofe" el camino antonces —continúa mi abuelo sin hacer ningún comentario sobre la memoria de mi abuela—. Y luego pasaba por el río tantas veces. Seis veces pasaba por el río.

—Siete —interpone mi abuela.

—Seis veces cruzaba, y en aquellos tiempos sí traiba agua el río—no como hoy en día. Antonces sí llovía y nevaba, y aquel río, pos siempre venía con muncha agua. Hasta la rodilla me daba l'agua en veces—¡y yo arriba del caballo!

Esta vez mi abuela se queda callada—bueno, yo creo que ella nunca pasó por el río a caballo. De modo que andamos en silencio por un rato. Pasamos una pareja besándose debajo de un árbol de "chainise" y un "guaino" sentado en el portal derrumbado de su casa anciana pero yo no me doy cuenta de ellos, ni de la bulla de las motocicletas volando por el camino. Yo ando en otro mundo—el mundo de mis abuelos—haciendo fuerza de imaginar un tiempo cuando el río corría lleno de agua y la gente trabajaba por papas.

—Pero ¡qué hombre mi compadre Carlos! —dice mi abuelo—. Na'a dejao él.

—Pueda que no, pero mi comadre María también se defendía murre bien —responde mi abuela—. Como aquella vez cuando capó el marrano.

—¿Qué pasó con el marrano? —pregunto yo cuando mi abuela no sigue platicando.

—No sé cómo era —dice ella—, pero quizás aquel día mi compadre Carlos no estaba en la casa. Ya era tiempo pa' capar el marrano—la luna estaba bien, sabes, porque la luna sí afecta muncho en esas cosas. Güeno, el cuento es que mi comadre María no quiso esperar a su esposo, y como era tan atrevida, pos decidió

hacer el negocio ella mesma. Fue y amarró el marrano y ya iba
preparando su navaja cuando llegó el vecino Geraldo. Cuando
él vido qué mi comadre andaba haciendo, le dijo que él le haría
el trabajo. Güeno, y la María lo dejó hacerlo. Luego, al rato, mi
compadre Carlos volvió a la casa y jalló el marrano capao. Cuando
preguntó quién lo había hecho, mi comadre dijo que ella fue, y
que si él no se cuidaba bien, pos también a él le podía hacer la
mesmita cosa.

—Es la misma María que era nuestra vecina por tantos años,
¿no? —mi mamá le pregunta a mi abuela.

— . . . . Sí hija, esa mera. Ella se mudó pa'cá un poco después
de nojotros. Tú la conocites murre bien, y su hijo también. Tú
te acuerdas de Gus, ¿qué no?

—¿Cómo lo iba a olvidar?

—¿Por qué dice así, mamá —le pregunto. Ella nomás se ríe
mientras camina unas cuantas yardas y al fin me replica:

—Pos, hay munchas razones, hija. Cuando yo tenía la edá que
tienes tú ahora, me enamoré de Gus—"Gus de la vecina"—asina
le decíamos nojotros. Su nombre de verdá era Agustín, pero
nojotros lo conocimos como el Gus de la vecina. Era un año mayor
que yo, y aunque sabía quién era yo, no me prestaba nada atención. Sí, nos saludábamos, como vecinos, pero nunca platicamos.
Luego, una de mis amigas fue y le dijo a los amigos de él que yo
lo quería. ¡Andaba más avergonzada yo!—güeno, pero muy contenta también, porque al fin el tonto empezó a notarme y hasta
me convidó al "show". Entonces aquel teatro de El Río estaba
abierto, sabes, y pa'llá me iba a llevar. Ya ni me acuerdo qué era
la película, pero sí me acuerdo que mi papá no quería dejarme
ir. El dijo que yo estaba muy joven para andar en un "deite". Tus
tías se quejan de qué estricto era tu agüelo con ellas, pero yo creo
que era peor conmigo. Era la niña de la casa, sabes.

—Güeno, pero al fin sí me dejó ir—yo creo que a causa de tu
agüela. Ella le dijo que el Gus de la vecina era un güen muchacho
—y ¿cómo no? Lo habían conocido desde chiquito. De modo que
pasé todo el día limpiando la casa—y especialmente el cuarto
de recibo. Pensé que ahi lo iba a recibir, sabes—pos, la puerta del
"livingroom" estaba más cerca a la casa de ellos. Pero se me había
olvidao que el Gus de la vecina era casi como parte de la familia—

güeno, era nuestro vecino por tantos años, y luego él conoció a mis hermanos también y venía muy seguido a la casa. De modo que entró por la puerta de la cocina, como uno de la familia.

—Nomás que tocó que aquel día mi papá había matao un becerro. Y ahi estaban tu agüela y tu tía Elena limpiando la panza en la cocina—con aquel hedor—¡y el Gus de la vecina tocándoles la puerta! Pos, rompí a quitar los trastes de la mesa donde todavía se habían quedao después de la cena. Y yo no sé cómo, pero quizás en mi apuro, los eché en una olla grande arriba del "sinque". No me fijé que ahi en esa olla habían vaciao toda la porquería que le quitan a la panza. Pos, nomás entró el Gus y tu tía Elena miró la olla y me gritó: ¡"Mela, you put the dishes in the shit"!

—¡Oh no—how embarrassing! —le digo a mi mamá. Quisiera saber más de este Gus de la vecina, pero mi abuela no me da le oportunidad de preguntar nada. —¡Vamos a rezar! —nos manda.

De una vez se hinca en el lado del camino—y yo y mi mamá juntas con ella—con las rodillas en el "gravel" y toritos, y con botellas quebradas de Lowenbrau y Schlitz en alrededor. Mi abuela le grita a mi abuelo que venga a rezar con nosotras, pero ahora se ha puesto sordo—una condición que le da y se le quita a su conveniencia. De modo que sigue caminando pa'delante, aunque un poco más despacio. Claro que nadien—ni mi abuela ni mi mamá—le grita a mi hermanito porque ya se ha desaparecido otra vez.

Mi abuela sabe cada oración en el mundo, y algunas son tan largas y complicadas que yo creo que ella misma las compone mientras reza. Ahora empieza con uno que identifica como "un rezo muy propio para hoy—"la Oración del Huerto". —¿No sabes, alma mía, quién es el Señor que sacramentao ha entrao en tu pecho? ¿Sabes quién es ese fino y cariñoso amante que tan dulce y amoroso has recibido? —comienza a rezar. Yo también estoy rezando, pero no con mi abuela. Estoy rogando que su rezo de ella no sea un larguísimo, porque ya comenzando, pues tendrá que acabar.

Cuando al fin termina la oración y nos levantamos con las rodillas adoloridas, volvemos a caminar, haciendo fuerza de meditar en la pasión del Señor. Pero no es nada fácil con toda la plebe alrededor y tanto garrero en el camino. Ahora mismo pasamos un perro muerto en el lado del camino, y aquí en esta yarda—pues, ¿cómo explicártelo? Es un árbol seco—uno de manzana, parece. Y ¿sabes qué hizo la gente que vive aquí? Pues, lo pintaron, y no nomás de un color. Cada brazo tiene un color diferente—uno azul, el otro colorado, y el troncón del árbol un amarillo igual al de la yema de un huevo. Y por si eso fuera poco, compraron fruta plástica—tú sabes, como esa que se halla en Walgreens—y la colgaron en todos los brazos del árbol. Ay, ¡qué árbol tan escandaloso!

—Mira ¡qué "cute"! —dice mi abuela cuando lo nota, y la tengo que mirar para ver si no está burlándose. Pero no, a ella sí le cuadra esta desfiguración, igual como a mi abuelo, pues aquí nos ha esperado, estudiándolo.

—Esta fruta sí va a durar por la vida —observa él, y luego, cuando un carro de jóvenes pasa matándose en el camiño, añade—: ¡Fregaos pendejos! ¡Van a trampar a un pobre cristiano!

Mi hermanito, que otra vez ha aparecido, también anda estudiando una cosa en la mano. Cuando le pregunto qué es, me enseña una navaja de aquellas "switchblades" que ha hallado en sus viajes por los arroyos. Es negra la navaja con una víbora laminada con ojos de perla. Bueno, seguro que serán hechos de plástico—y aunque es una cosa retefea para mí, y hasta quebradita, puedo ver que a mi hermano le encanta.

A mí me encantaría saber un poco más de aquella vecina de mi abuela, doña María, la mamá del Gus de la vecina. Yo no la conocí muy bien, sabes, nomás en los últimos años cuando ya casi había cegado y ni podía moverse mucho. De vez en cuando, me acuerdo, ella llegaba a visitar en la casa de mi abuela, andando muy despacio y con mucho cuidado, porque ya no veía bien. Aunque estaba mediana yo en aquel entonces, todavía la puedo ver dibujada en mi memoria—la viejita de los anteojos más gruesos que botellas de soda y las manos gigantes que flotaban como aves cuando platicaba. Pero no me acuerdo de su esposo, ese "compadre Carlos" de quien mi abuelo estaba platicando. Y le pregunto a mi abuela: —¿Qué pasó con el esposo de doña María, su vecina?

—Se murió, hijita —me responde—. Se murió muy joven mi compadre Carlos. Un accidente de caballo, sabes.

—¿Y nunca volvió a casarse doña María?

—No, mi'ja. Ella decía que ya no quería "aquellas bromas"—asina decía ella. Güeno, sí tuvo el Gus, sabes—era el único hijo que tuvieron, y lo crió muy bien. Una güena crianza le dio—y güena educación también. Pero nunca volvió a casarse mi comadre María. Decía que al cabo que ella mesma podía hacer todo lo que hacía un hombre. Y fíjate que hasta mejor hacía que munchos hombres. Pos, nomás se le metía una idea en la cabeza de hacer algo en la casa y sí lo hacía. Ella hizo el baño que está en esa casa ahora—y lo hizo sola. Más antes no tenía agua adentro—usaba su común de afuera, sabes—pero fue y compró todos los materiales y hizo un baño. Hasta toda la plomería hizo mi comadre.

—Sí hacía muy bien —dice mi abuelo, y sorpresa me da al oír su voz, pues no sabía que estaba escuchando—. Esos gabinetes en la cocina, también los hizo ella. Hizo güen trabajo ahi, y de puros "escrapes" de madera también—puras tablas viejas que jallaba tiradas por ahi. Pero también hacía unas tonterías de vez en cuando. Una vez fui pa'llá y la jallé escarbando en un lado de la casa. Yo no sé qué figuraba hacer—un soterano, quizás. Pero pa' cuando llegué yo, pos ya tenía un pozo grande. Si hubiera escarbao muncho más, yo creo que la casa se hubiera caído en el pozo. Tuve que ir y hacer unas formas pa' reforzar las paderes con cemento.

—Tal vez no pensaba todo muy bien —dice mi abuela—, pero siempre hacía lo que le daba la güena gana, y nunca tenía miedo de nadien. No como yo más antes a "ciertos elotes". . . .

Sé que esos "elotes" anónimos serán mi abuelo, pues es una historia muy vieja, ésta del miedo que mi abuela le tenía a mi abuelo. Conociendo a mi abuela ahora y la mandona que es, me cuesta trabajo imaginar que en algún tiempo le temblara a mi abuelito, como reclama ella—pero sea como fuera, ahora sigue hablando de su comadre atrevida.

—Como aquella vez que ganó el carro en el cine. Pos, todo el tiempo llevaba a su hijo pal "show"—¡tanto que le gustaba a él! Y mi comadre María le cumplía todo lo que quería. Hasta lo vestía en su "outfit" de vaquero—con sus pistoleros, su bandana colorada y su sombrero, porque le cuadraban las películas de los "cow-boys". Más antes tenían una rifa en el cine—muy grande rifa, quizás—no sé yo, porque nunca me llevaban al mono, pero el cuento es que en aquella ocasión el premio era un carro, y tocó que mi comadre María lo sacó. ¡Sí lo sacó! La pobre ni arrear sabía, pero sí lo arreó hasta la casa. Caminaron a pie pal "show" pero volvieron en el carro nuevo.

—¡Yo me acuerdo de ese carro! —exclama mi mamá—. Era un Chevy, ¿qué no? Color azul y muy grandote. Yo me acuerdo de él, pero no sabía que ella lo había ganao. ¿Qué pasó con ese carro?

—Pos, después lo vendió. Yo creo que agarró tantos "tíquetes" que al fin le quitaron la licencia—no sé. Pero mi comadre María decía que prefería andar de todos modos. La iglesia estaba cerca a su casa, y la tienda de Woods estaba ahi abajo de la loma. Ahi compraba su comida, sus clavos, y su ropa. De modo que no tenía necesidá de un carro.

Eso dice mi abuela con toda la plebe pasando en carros en el camino—todos los peregrinos flojos de hoy en día. Ya no nos falta ni una milla para llegar y ahora sí está poniéndose bravo el tráfico. Los carros y motocicletas ni se pueden mover en el camino, y mi abuelo está quejándose otra vez del peligro para un pobre "cristiano" andando a pie, pero casi no lo puedo oír por el barullo. Cien radios, grabadoras, pitos e ingenios suenan a la vez, pero no le afecta a mi abuela.

—Vamos a rezar un credo —dice, como si figura que la recitación de las palabras sagradas tuviera el poder de apaciguar toda esta bulla.

—Yo creo en Dios. . . . —comienza, dándome un buen codazo en las costillas cuando no empiezo con ella.

—I believe. . . I believe —me regaña, quizás pensando que no sé el credo en español. Pero no es eso. Tengo que admitir que ahora siento la misma vergüenza que mi hermanito ha sufrido durante toda la caminata. Ahi atrás no estaba tan malo, pero aquí entre la plebe—pues, yo no quiero que me miren rezando un credo mientras que Tiny Morrie y Van Halen cantan por las ventanas de los carros bajitos y las troquitas acuñadas de chamacos. Pero, "más que no love it", tengo que rezar con mi abuela. Bueno, a lo menos no tenemos que hincarnos ahora, pues rezamos mientras caminamos, y ya al llegar al "amén" también llegamos al Santuario.

Yo *creo* que será el Santuario—pues, la verdad es que no puedo ver más que el puro gentío. Nunca en la vida he visto tanta gente en un lugar. Güeros en vestidos de "jogging" descansan en la tapia enfrente de la tiendita de los Martínez. Chamacos sin camisa andan a caballo con muchachas chulitas abrazándolos y riéndose por nada. Gente y más gente—negociantes y "hippies", políticos y borrachos, monjas y "guros", rancheros y científicos, pobres y ricos, altos y chaparritos, gordos y flacos, santos y malvados—todo el mundo anda aquí. Un hombre en una silla de ruedas mira a un grupo de chicas coqueteando con unos jóvenes de Santa Fe vestidos en las camisetas de su escuela, con una pintura de su mascot oficial—un demonio.

Pero el pobre demonio no tiene ninguna chanza aquí, no con toda esta gente—no con toda esta fe. Y la gente de fe está amontonada en la puerta vieja, acuñada adentro del Santuario en los bancos rústicos y atrincada a las paredes anchas de adobe donde el San José en el retablo mira a las estaciones de la cruz de su Hijo en la otra pared. Al cuartito pegado al altar, pues no hay ni esperanzas de entrar, porque allí es donde tienen la tierra sagrada—el santo polvo que generaciones de fieles han sacado del pozo que nunca se vacía—la tierrita fina y maravillosa que ha sanado a un montón de enfermos y levantado a pobres cojos sin número. Por toda la pared están colgadas las muletas y sobaqueras que trujeron a cuerpos quebrados pero que se quedaron aquí con el Santo Niño. Muchas de las sobaqueras son chiquitas y los retratos "teipiados" en las paredes son de niños ya que el Santo Niño de Atocha es el guardia de ellos. Y aunque lo tienen casi horcado con tantos rosarios, siempre hace su paseo. Todo el tiempo trae los zapatos gastados, pues anda muy lejos cuidando a todos los chicos de los pueblos del monte norteño.

Pero ahora mismo ni fuerza voy a hacer de visitar al Santo Niño, no con este gentío. En efecto, la única que se atreve a entrar es mi abuela, quien abre camino a codazos y empujones porque el arzobispo está adentro ya listo para dar la misa. Nosotros—yo, mi abuelo, mi mamá, y mi hermanito—nos quedamos en la sombra de los álamos en la acequia, descansando y acordándonos de la cosecha de cuartocientos sacos de papas, the dishes in the shit, y el árbol con la fruta que nunca se acaba.

Entreteniéndonos, sabes—porque bien sabemos que aquí nos vamos a quedar un buen rato. Seguro que mi abuela nos va a hacer esperar hasta que la misa termine, y luego tendremos que conocer al padre del Santuario y, si tenemos *mucha* suerte, al mero arzobispo. Luego tendremos que esperar en línea por una copita de la tierra milagrosa y, después, permaneceremos adentro del Santuario para prender unas velitas y rezar varios rosarios y quién sabe qué más. Y aunque mi abuelo se va a quejar de como tiene sus negocios, sus quehaceres, y sus derechos, no le va a valer.

No—no le va a valer nada porque él también prometió, y más que no love it, tendrá que cumplir con Dios.

LA BRUJA

Todos la conocen, como pasa sus días en la calle. No importa el tiempo. En el hielo o el calor del sol impenitente la halla uno en el lado del camino—andando, sentada o muchas veces parada como una estatua roñosa.

Vive tan lejos de la familia humana y la existencia normal, que muchos la llaman bruja, pero no creo que será. Es decir, no creo yo en las brujas (no en la luz del día al menos).

Lo que llamamos la brujería es lo que no entendemos—o lo que no queremos entender: la pobreza, la enfermedad, y nuestro temor de la muerte.

Y esta pobre mujer, con sus garras puercas, ojos huecos, greñuda y piojosa—se parece tanto a la figura fiera de doña Sebastiana que traemos enterrada en la mente, que nos espantamos y nos escondemos detrás de nuestros crucifijos.

Pero siempre tengo que platicarles que una vez íbamos a El Rito y ella quería que la lleváramos. Le dijimos que no. ¿Quién iba a querer aguantar media hora encerrado en un carro con ese hedor?

Pues, nos fuimos. No vimos ni un sólo vehículo en todo el camino. Pero al llegar a El Rito, ella estaba sentada ya en un troncón de álamo, esperándonos con una maldición.

LA FAMILIA

—¿Qué vas a ganar gastando tiempo con esa flaquita? ¿Por qué no le pides de una vez al mero jefe?

Eso le dice mi papá a mi mamá, mordiéndose la lengua, yo creo, para no reírse. Aunque mi mamá sabe que él se está burlando, ella siempre toma su consejo. Vuelve a la Santa Bárbara al cuarto de la orilla y agarra al Santo Niño de su lugar de honor arriba de la cómoda en su cuarto de dormir.

El Santo Niño es el favorito de mi mamá, el mero consentido de la familia—la gran "familia" de los santos de mi mamá. En la cocina tiene retablos de San Pascual, San Isidro, y Santa Ana. En la sala hay bultos de San Francisco, Santa Rita, San Miguel, y San Lázaro. En el cuarto de dormir de mi papá están parados San José y San Pedro en los dos lados de su cama como guardias. Y, en el dormitorio de mi mamá, pues tiene un verdadero ejército de santos. Hay un reredo de la Guadalupana que ella compró en una peregrinación a la Basílica de Nuestra Señora de Guadalupe en México. San Martín de Porres está allí con su escoba acabada, junto con Nuestra Señora del Carmel y Santa Mónica, la pobre que rezó por veinte años para que se convirtiera su hijo, Agustín, y que ahora tiene que escuchar la mismita petición de mi mamá.

Y esos no son todos, pues mi mamá también tiene los "standbys", los que se quedan en el cuarto de la orilla, esperando una emergencia, como la Santa Bárbara que ella sacó nomás vido esas nubes tan amenazantes porque, más que sea "flaquita", como dice mi papá, Santa Bárbara tiene mucho poder contra las centellas y tormentas. Otro de las "tropas de reserva" es San Rafael, con una trucha en la mano y la habilidad de curar enfermedades de los ojos. Cuando andaba por la Tierra, San Rafael le hizo ver al ciego Tobías, y ahora, pues, sigue con sus milagros visibles. Bueno—¿cómo sanó mi abuelito de las cataratas, si no por las oraciones de mi mamá al santo pescador? Los doctores nos habían dicho que los ojos de mis abuelito no tenían cura—ni con una operación. Pero San Rafael les ganó, y mi abuelito no tuvo que pasar sus últimos años ciego y con dolor, porque sí tuvo mucho dolor. Le dio cáncer, y de eso se murió, a pesar de todos los rezos de mi mamá.

En aquel entonces, ella le pidió a San Judas, el patrón de las causas sin esperanzas—de lo imposible. Como San Judas es el santo del último recurso, uno no lo molesta mucho. Pero sí es muy poderoso. Bueno—cuando le dio a mi tío Delfín un ataque al corazón, mi mamá le cayó a San Judas, y sabes que hasta el día no ha vuelto a quejarse. Hasta los doctores no lo pueden entender.

Si no molesta mucho a San Judas, mi mamá le pide demasiado al pobre de San Antonio. Yo no sé si pasa así en todas las casas, pero en la nuestra, pues todo el tiempo perdemos cosas. Cada vez que no podemos hallar cualquier cosita, pues aquí está mi mamá pidiendo el socorro de San Antonio. Y casi siempre trabaja también. Nomás que ahora el pobre está en la petaquilla al pie de la cama de mi mamá. Sí, allí está encarcelado San Antonio porque, por algún motivo, se ha puesto muy terco y no ha querido hallar los anteojos de mi mamá. Pues, tanto rogarle y rogarle, y mi mamá todavía no los ha podido encontrar.

Pero no necesita sus lentes para ver lo negro que se ha puesto el cielo ahora, y por eso va y saca al Santo Niño pa' fuera. Al principio parece que el santo con su cara angélica de cachetes rosados sí podrá hacer frente a la tormenta, pues sale el sol por un momento y un pájaro hasta se atreve a cantar. —¿Qué no te dije que sacaras de una vez a él que puede? —dice mi papá, todavía burlándose de mi mamá.

Pero de repente llega la lluvia, y hasta mi papá deja de reír cuando el granizo comienza a caer. Sí, está cayendo un granizal, a pesar de la mirada sagrada del "mero jefe" de los santos. Y por si eso fuera poco, pues cae un granizo y le pega al pobre Santo Niño—¡zaz!—en la mera frente. ¡Ay!—lo estrella al pobre Niño y el golpe lo tumba como un peleador desvanecido. Entonces sí empieza a reírse otra vez mi papá, y más risa le da cuando mi mamá sale corriendo a recoger su pobre santo. Lo trae pa' dentro herido, con una depresión en la frente donde el granizo le pegó.

—¡Qué dolorón de cabeza le va a dar a ese pobre! —exclama mi papá.

—Calla, hombre —mi mamá le dice, mientras corre el dedo por el hueco en la cabeza del santo—. Te va a castigar.

—A ti te castiga —responde él—. Tú lo sacates pa'fuera. ¡Yo no!

Pero yo creo que el "jefe de los santos", aunque tenga un dolorón de cabeza, no va a castigar a nadien. Y si nos castiga, pues asina tiene que pasar en esta vida. Hay buenos años y hay malos, y si el granizo ahora destrozó la huerta e hizo daño a la arboleda también, pues ¿qué vamos a hacer? Más le va a pesar al pobre de San Isidro que sudó todo el verano ayudándonos a sembrar y escardar.

Pero viviremos, sabes—de eso no cabe duda. Y si nos toca pasar por tiempos duros, pues no hay miedo porque los santos de mi mamá nos ayudarán. Sí, su "familia" siempre nos cuidará.

SIENTO MUCHO

—Siento mucho.

Caminamos la línea de parientes, dándole la mano a la hija de los ojos hinchados y el pésame a la madre, llorando sin medida, llorando sin remedio.

—Siento mucho.

Una bisabuela, la más anciana de la familia, ciega, sentada en el sofá con su hija, preguntando el nombre de cada doliente.

—Siento mucho.

—¿Quién es?

—Siento mucho.

A su lado, la bisnieta más joven con una sonrisa incierta.

—Me compraron zapatos nuevos —anuncia, y todos agachamos la cabeza para mirarlos, pero son negros y de tacón alto y no sirven para correr.

Siento mucho, pero la muerte—la muerte es muy ligera.

EL DIFUNTO JOE HURTS

Llega, llega. Está abierta la cantina—no parece, pero sí está abierta. Nomás que esta fregada llave está tan dura que. . .ahi sí se abrió. Tenía la barra cerrada toda la mañana pero ora sí la iba a abrir, so come in—siéntate, siéntate. Ora vengo de un funeral—por eso tenía cerrada aquí. Todos los años más funerales—looks like I go to the camposanto cada rato. Güeno, todos vamos pa'llá, ¿no? Pero este funeral, pos estuvo muy triste. Joe Hurts—¿no lo conocites? Güeno, José Dolores Pacheco se llamaba pero todo el mundo le decía "Joe Hurts". Era uno de los "regulars" aquí—todos lo conocían. Güeno, pero tú no eres de aquí, ¿no? Yo conozco a toda la gente del valle. En una cantina, pos al fin todos llegan acá, ¿sabes cómo? Hasta el padre de la iglesia llega de vez en cuando pa' echarse un güen farolazo—no este jaituno que tenemos ahora—forget it, no. Estoy hablando del padre Tomás, tan güena gente qu'era—muy friendly él, ve. Pos, te trataba como un igual, no como este malacacha que tenemos ahora. Güeno, yo no vuelvo a pisar esa iglesia, not while he's there anyway. Me bautizaron ahi—se puede decir que me criaron en esa iglesia, pero de ora en adelante voy a ir a otra parroquia, mas que tenga que arrear. Yo creo que voy con los indios—allá en el pueblo, ve, pero te digo, no vuelvo a pisar esa iglesia, not after what he done today en el funeral del Joe Hurts. Pos, el padre le echó de contado al pobre difunto—sí, del mero altar le echó sus papas, y el pobre de Joe Hurts, pos ni cómo defenderse. Dijo que no iba a haber ningún borracho en la gloria y que los que pasaban la vida emborrachándose iban derechito al infierno. ¿Cómo te gusta? Los padres deben de darles consuelo a los parientes—comfort the family, ¿qué no? Yo no sé qué diablos tiene ese hombre—tal vez será el metal que trae en la cabeza. Sí, tiene una plancha de metal en la cabeza—tuvo un accidente en algún tiempo y los doctores le pusieron ese metal plate, ¿sabes cómo? Yo no sé—oyes, ¿qué te puedo traer? ¿Qué estás tomando?

Mira—yo no quiero decir que el Joe Hurts no tomaba. Pos, era un borracho pero bien hecho—él y su gavilla, el Fatal y la Bruja. No, sí es un hombre la Bruja—yo creo que le dicen así porque tiene las narices como una bruja, muy largas y torcidas, ve. Güeno, y además de eso, es muy negro, pero anyway, esos tres cuates siempre andan pistos—güeno, *andaban*, porque hoy enterramos al Joe Hurts. Todos los días llegaban acá por su traguitos, siempre quebraos—pos, munchas veces no tenían ni un centavito entre los tres. Todavía me acuerdo cómo hacía el Joe Hurts cuando llegaba la hora de pagar—pos, sacaba las bolsas de los calzones pa'fuera y nomás se encogía de hombros. ¡Qué sanamagones esos hombres!—yo no sé cómo diablos los he aguantao por tanto año. Pos, más pendeja yo, quizás, pero me da lástima con los pobres. Y ora ni van a tener ónde quedarse ya que el Baby Jesus los ha echao de esa casa que están tirando, aquel warehouse de Woods and Bailey.

¿Cómo? ¿Qué no sabes quién es el Baby Jesus? Pos, de veras que no eres de aquí. Es el mayor de Chilí, el mero jefe, ve. Güeno, su papá es el mero mero—el Primo Ferminio. Ferminio Luján, el patrón de todo el condao de Río Bravo—pos, debes haber oído de él, even if you're not from here. Este Baby Jesus es el hijo menor del Primo Ferminio, el niño de la familia. Su nombre de verdá es Jesús Cristóbal, y él usa el nombre de Chris—ese swimming pool que hicieron la última vez que era mayor todavía se llama así—"Chris Luján Swimming Pool"—pero todo el mundo lo conoce como el Baby Jesus. Yo no sé por qué—tal vez será porque es tan cachetón, o puede ser porque se porta como si fuera el mero hijo del Todopoderoso. Siempre ha sido así—más hinchao que una chinche, y ora está peor que nunca—pos, yo creo que hasta le gana a su propio jefito. Güeno, el Primo siempre ha sido más político que su hijo—más gente quiero decir, tú sabes cómo. Pos, sí te da la chinga, pero siempre después de darte la mano y los güenos días de Dios. Pero el Baby Jesus nunca ha sido tan caballero así—él no pregunta por la familia ni tan siquiera lo saluda a uno en la calle—siempre con el hocico pa'bajo, como un marrano. Y ora que lo volvimos a elegir, pos está peor que nunca. Güeno, ¿qué más esperaba uno? La primera vez que fue mayor lo pescaron robando ese dinero de los Boy Scouts, pero ¿qué?

Muy safao el público—quizás no tenemos na'a memoria porque ora, apenas quince años después, lo tenemos de mayor otra vez.

Güeno, and he's already up to his old tricks too. Ora está juntando fondos pa' levantar ese museo—izque pa' preservar la cultura del Norte, pero eso es pura madera. El nomás quiere ver su nombre en otro building, ¿sabes cómo? Y no me puedes decir que el Baby Jesus no va a hacer un profit ahi también—¿todo ese dinero que está sacando del gobierno? Ha conseguido fondos pa' tirar ese warehouse viejo de Woods and Bailey—güeno, y la tienda también. Pos, ya compraron todo el lugar a Donald Bailey—desde la casa vieja de Woods en la loma hasta el camino abajo—serán tres acres, yo creo. Y no cabe duda que Donald Bailey le pasó la mordida al Baby Jesus pa' que arreglara ese trato. Pos, asina trabajan los cabrones—tú sabes, una mano lava la otra, y las dos lavan la cara. Pero lo que de veras limpian son los bolsillos de los pobres—our wallets, ve.

Ay ¡qué sanamagón!—¡se me olvidó tu cerveza! Un poco atrasadita la cantinera—¿atrasadita?—atrasada de *todo*, dime. Oyes—¿no has oído ese chiste del viejo que quería casarse con la jovencita? Pos, éstos eran dos compadres y uno d'ellos quería pedirle la mano a una muchacha, nomás que el pobre estaba poco atrasao, como yo ahora—muy viejo, ve. De modo que llevó a su compadre de palero—pa' que lo pusiera bien. Y sí fueron pa' la casa de la muchachita, y el viejo le dice—le dice, tengo un ranchito. Y el compadre dice, ¿qué ranchito?—¡*ranchote* tiene! Güeno, luego el viejo le dice a la jovencita—también tengo unas vaquitas. ¿Qué vaquitas?—dice el compadre—¡*vacadas* tiene! Pos, estaba queriendo decir que el viejo estaba muy rico, muy güeno pa' la señora, ve. Luego el viejo le dice—nomás que estoy poco enfermito. ¿Enfermito?—dice el compadre—¡*podrido* está! Güeno, ahi no le fue muy bien al pobre viejo, ¿no?

Pero siempre le ha ido bien a ese Donald Bailey—pos, es el dueño de todo este lugar ya. Tiene la tienda de vender madera y la máquina de rajar y ese negocio de gravel y la mina y el banco y la mayor parte del terreno en el condao de Río Bravo. Y eso es nomás lo que tiene aquí —también tiene muncha propiedad en la capital y por todo el norte—ése sí es un millonario, y cada día se hace más rico. Nunca la ha llevao bien con el Primo—they're probably jealous of each other, pero ese Donald Bailey siempre sale adelante anyway, gracias al Baby Jesus. Güeno, son pájaros de la misma pluma, ve—siempre andan juntos. Todas las mañanas los mira uno almorzando juntos en el Cowboy Family—ahi es onde hacen los deals, y el más grande de todo es éste del museo cultural.

Lo curioso es que la propiedad que el Donald Bailey está vendiendo ahora—pos, él se hizo rico con ese mismo pedazo. Güeno, la tienda era de su papá, pero pa' que veas cómo hacen los gringos, nomás fíjate que el papá de Donald Bailey llegó acá sin nada—pos, no tenía ni dónde caerse muerto. Reclaman que el viejo Bailey pasó el primer año aquí viviendo en una carpa—pos sí, en un tent que puso ahi junto al río, y trabajaba en los ranchos—puro trabajo con la pala, ve. Pero no murió de hambre, y dentro de poco comenzó a trabajar por el viejo Woods—Nicolás Woods se llamaba, pero todos lo conocían como el "Nique Torcido". Poco a poco fue juntando su dinero y agarrando más poder —el viejo Bailey, digo, porque después salió como un partner del Nique Torcido—that's when they started calling the store Woods and Bailey, ve. Güeno, y ya cuando el Nique Torcido murió, el viejo Bailey se quedó con todo—la tienda, la propiedad—toditito. Asina se hizo rico el viejo Bailey, y toda esa riqueza la dejó a su único hijo, el Donald. Güeno, es como dice el dicho—unos nacen de pie y otros de cabeza—y asina mero pasó con ese Donald Bailey. El nunca ha tenido que trabajar duro como su papá, pero en cierto modo es la íntica cosa que el viejo—pos, el cabrón hace dinero como si tuviera una máquina. Güeno, asina son todos los gabachos, quizás—no saben cómo decir ya estufas. Just look at Thomas Catron, ese abogao que vino con los primeros "mericanos"—asina decía madrecita, ve, "mericanos". Pos, ese Catron se quedó con todas las mercedes de la gente—reclaman que tenía tres millones de acres—¡fíjate tú! Toda esa tierra pertenecía a nojotros, pero ora está en manos de los gabachos o del gobierno —güeno, es la misma cosa, ¿no?

Pos, mira lo que le pasó al Fatal, aquel cuate del Joe Hurts. El pobre perdió su lugar—y era uno de los mejores ranchos también. But he couldn't afford to stay on his own land—pos, cada año agarrando menos por los becerros que vendía, pero el costo de los permisos nunca dejaba de subir. ¡Qué fregadera ese negocio de los permisos! Pos, ahi nos tienen pagando pa' pastear nuestros animales en el mismo monte que más antes era de nuestros agüelos y bisagüelos. Y la misma cosa hacen con l'agua, cobrándonos pa' levantar depósitos en el río so the gabachos can go water-skiing. Por eso perdió su rancho el Fatal, a causa de todos los costos que le pusieron—los permisos, las tasaciones, y todo lo demás. Al fin tuvieron que vender el rancho y mudarse a la suidá. Estuvo muy duro pa' él, but I think it was even worse for his esposa. Ella no duró muncho después—reclaman que se murió de cáncer, pero a mí se me hace que murió de puro sentimiento, pos ella había nacido en ese rancho.

Güeno, el Fatal también se quedó con el corazón hecho pedazos cuando murió su mujer—he never got over it, pos yo creo que por eso le entró a la borrachera. Eso digo yo, a lo menos —quién sabe si no esté pal quince, pero pobrecito el Fatal—no es mala gente. Fíjate que es un hombre muy católico, pos va a misa todos los domingos, más que vaya todo roñoso y jediondo— güeno, y en veces bien pistiao también. Pero el Fatal no es uno d'esos que hacen muncho barullo cuando se embolan. No, el Fatal es un borracho muy quieto—no habla cosa mayor. Pero todos los domingos lo mira uno en misa. Apenas anda pal altar en su muleta—güeno, no es una muleta propia, nomás el cabo de una escoba que jalló tirada por ahi. Está bien tieso el pobre—no sé si serán los reumos o nomás la borrachera, pero el cuento es que apenas anda. Pos, yo siempre tenía miedo que a él lo iban a trompear, no al Joe Hurts—güeno pero cuando le toca a uno le toca, ¿no? Como dicen los viejos—de la muerte y de la suerte no hay quien se escape.

Pero ¡qué el Fatal! Sabes que una vez dejó el licor por toda la cuaresma. No sé cómo—pos, todavía andaba entre la bola de borrachos, ve, y hasta compraba su botella todos los días. Pero no la tomaba—se la llevaba derecho al padre, al padre Tomás, quiero decir—no este jetón que tenemos ahora. Anyway, el padre Tomás iba guardando esas botellas—día por día el Fatal le llevaba otra. Luego, el día de Easter fue a la casa del padre pa' colectar sus cuarenta botellas y celebró la Resurreción del Señor con una gran peda—pos, no sé cómo diablos no se moriría el carajo.

Güeno, pero su cuate la Bruja, pos él sí se murió y luego
resuscitó, lo mismo como el Señor—asina reclama él, a lo menos.
Yo creo que será el licor hablando, pos es una historia poco estram-
bólica, ve. Izque pasó durante la Primera Guerra, cuando la Bruja
era niño. En aquellos años andaba esa influenza tan mala—tú
debes de haber oído de eso, ¿no? Se enfermó la Bruja—güeno,
no se llamaría así en aquel antonces, pero la verdá es que ni sé
cómo se llama de veras, pos toda la vida lo he conocido como
"la Bruja". Güeno, el cuento es que se enfermó el niño bruja y
muérese, nomás que no estaba muerto, not for real. Pero lo ente-
rraron de todos modos—y él dice que recordó en el pozo y le
estaban echando tierra ya. Y izque empezó a llorar, dando patadas
y luchando pa' salirse de ahi, ve—y sí lo sacaron del pozo. De
suerte que no lo habían enterrao en un cajón porque antonces
quién sabe. Güeno, pero según platican los viejos, esa enfermedá
fue tan terrible que no quedaban ni carpinteros pa' hacer
cajones—de modo que they just wrapped the muertos up in a
sheet, una sábana o un serape y ya estufas. El muerto al pozo
y el vivo al retozo, ¿no?

Güeno, pero la Bruja se levantó del pozo pa' ir al retozo—
at least, that's what he says—¿quién sabe? Tú sabes cómo son
los borrachos—muy embusteros, ve. Güeno, no nomás los borrachos—pos, todos hacemos lo mismo. And I guess that story
could be true—esa historia de la "resurreción" de la Bruja—pos,
uno lee de munchas cosas semejantes en los magazines, ¿no?
Pero es pura madera lo que dice de ese santo que izque apareció en su yarda—a mí no me puede hacer creer eso. I'm talkin'
about that Jesus in the carrito. La Bruja dice que ese bulto apareció
así—que solo vino ese Cristo, pero dime, ¿por qué llegaría Dios
en un carrito de niño? Y ¿cómo diablos iba a venir a ese junkyard?
Güeno, después la Bruja levantó una capilla ahi atrás de la casa
onde vivía—izque en el mero lugar onde había jallao a ese santo.
Pero con sólo mirarlo se sabe que él mismo lo hizo, pos solamente
a la Bruja se le ocurriría colocar a Cristo en un carrito de niño.
Luego, el estilo que usó pa' pintarlo es muy suyo también, con
esos colores tan escandalosos que tanto le gustan—amarillo,
colorao, purple—y los ojos tan locos, pos parece que el Cristo
está espantao con esos ojotes que tiene. Güeno, asina hace la Bruja

siempre—todos los santos que pinta parecen turnios, ve. But the funniest thing is that bulb he hung up over Jesus's head—quizás pa' que se mirara de noche, ve. And he didn't use no extension cord—no, pos la Bruja sacó electricidá de una batería vieja que puso detrás del bulto en el mismo carrito. ¡Ay, qué la Bruja!—dijiendo que asina había aparecido el santo, como si Dios iba a iluminar a su Hijo con una batería de Sears.

Pero asina es la Bruja, un maderista pero bien hecho. Hasta le madereó a ese reportero del *Río Bravo Times* cuando hicieron ese artículo de él, pos ahi salió todo—su "resurreción", Jesus in the carrito—toditito salió in black and white. Güeno, y también hablaron de su arte, y sabes que el cabrón ha ganao bastante fama con esos santos turnios que hace. To tell you the truth, pa' mí son poco feos, pero ¿qué voy a saber yo del arte? Todo lo que te puedo decir es que sí se venden, pos hay una gabacha que tiene un gallery allá en Santa Fe, y de vez en cuando viene pa' comprarle todos los santos que tiene—yo sé porque siempre llega acá primero, pos bien sabe que la Bruja pasa la mayor parte de su tiempo aquí en la cantina. Y si por casualidá no anda aquí, I can usually tell her where to find him. Yo creo que ella no le da muncho por esos carvings, y quién sabe cómo los venderá allí—seguro que hace un güen profit. Munchas veces ha tratao de comprarme los santos que tengo yo aquí en la cantina, como ese San Rafael que ves ahi, aquél que lleva la trucha en la mano—pero siempre le digo que no. The way I see it—ella no me está ofreciendo dinero nomás por ser güena gente. No, yo creo que los voy a "keepiar" y después se los vendo al museo por doble, ve. Y fíjate que tengo varios—este San Rafael, una Señora de los Dolores, dos o tres crucifijos, y hasta algunos que no son ni santos. Esos son animales que la Bruja ha hecho carve—tengo un oso, un gato montés, un elefante y no me acuerdo qué otros—y sabes que todos tienen esos mismos ojos hinchaos, pero casi me gustan más que los santos. Güeno, cada cabeza es un mundo, ¿no?—pero el cuento es que sí tengo munchos de sus carvings porque él me los cambia por sus traguitos, ve, pos siempre anda brujas, lo mismo como su nombre. Pero I don't feel guilty about that—no, no me siento mal, pos tanto año fiándole trago. De todos modos, I figure he was the one who ripped me off that time—ya hace varios años. It was the only time que me han hecho break-in aquí—no está malo, ¿no?—pos, algunos lugares es un puro robo. Anyway, esa noche alguien hizo break-in y se llevó un galón de vino—that was all they took, and it wasn't even the expensive kind. Casi por eso supe que tenía que ser uno de los "regulars", pos ya están impuestos a tomar ese cough syrup, ve. Pero lo más curioso es que me dejaron una nota en la puerta como pa' hacer apologize—pos sí, me pidieron perdón por haberme robao y me aseguraron que me iban a pagar el vino después. Sure—tú sabes lo que puede valer la palabra de un borracho. Güeno, pero a lo menos el ladrón tenía un poco de conciencia, ¿no?—no como ese Donald Bailey que día a día deja a la gente pelada y todavía duerme como un niño. Pero yo no sé—la Bruja es tan embustero que...güeno, you can understand why his vieja kicked him out—pos, ¿quién lo iba a aguantar?

La misma cosa pasó con la esposa del Joe Hurts—ya no lo soportaba tampoco, pero ella nomás lo dejó. Sí, se fue con su gente allá en Chamisal—al cabo que los hijos estaban grandes ya. Y yo digo que hizo bien, pos esos borrachos pueden acabar con uno—I oughta know. Güeno, y además de beber, ese Joe Hurts también era muy mujerero. Dicen que no hay que hablar mal de los muertos, pero yo no te estoy dijiendo más que la pura verdá—al cabo que el mismo Joe Hurts iba a hacer agree, yo creo. Y a pesar de todo lo que predicó ese safao de padre en el servicio hoy, yo creo que el Joe Hurts estará en el cielo ora mismo, andando tras los huesos de alguna angelita. Pos, no hacía más cuando andaba aquí en la Tierra—como te digo, yo creo que por eso lo abandonó su mujer—y muy güena mujer tenía el Joe Hurts también. Pero all he ever wanted to do was pasarla hecho rosca, tirando su cheque de disability y, cuando se acababa eso, gastando los pocos reales que ella podía juntar arreando un schoolbus. Mira, él no tenía necesidá de andar de méndigo, pos cada mes recibía su cheque del gobierno porque era un veterano. Pos sí—he was wounded in World War Two—por eso lo están enterrando ahora en Santa Fe, allá en el cementerio nacional. Ahi andarán ora mismo, yo creo, pero yo no quería ir pa'llá—ya me había despedido de él en la mortoria. Anoche fui a verlo y, como te digo, a despedirme de él, pobrecito el Joe Hurts, pero lo que yo no puedo entender es cómo diablos no se pararía aquél que lo mató. It was a hit and run, ve—se huyó el cabrón, pero yo no sé cómo puede vivir con esa mancha en el alma. Y no sé, pero a mí se me hace que no van a hacer ni tanta fuerza de pescar al culpable, pos nobody gave a damn about el Joe Hurts.

Pero yo sí—a mí me divertía, tan loco qu'era. ¿No te dije dónde estaba herido? En la rosca—pos sí, en las meras nalgas. Siempre decía que traiba "strapnel en el ojete"—asina mero decía a todos, y más muncho a las mujeres, but I'll tell you one thing— ese "strapnel en el ojete" no le hacía tanto mal como el metal que aquel padre lleva en la cabeza. Anyway, el Joe Hurts siempre estaba listo pa' enseñar su war wound a las mujeres. Ahora me estaba acordando de lo que hizo con aquella muchacha que tra- bajaba por Open Hands, esa organización que ayuda a los Senior Citizens. Ella me estaba ayudando a hacer un baile pa' los viejos en nuestro centro aquí. Todos los meses juntamos a los viejos y traemos a los hermanos Serrano pa' que les toquen las piezas viejas que tanto les gustan y que les recuerdan de los tiempos cuando andaban en la flor de su edá y tiraban chancla toda la noche. Algunos todavía bailan muy bien, sabes, aunque la mayor parte de los viejos nomás escuchan la música mientras mitotean con sus compadres y comadres. Pero en aquella ocasión, nomás entró esa muchacha de Open Hands y el Joe Hurts le brincó—pos, como era joven y gabacha también. Pero pobrecita ella—Joe Hurts followed her around all afternoon, platicándole sus chistes cochinos y bailando los "slow ones" con ella. Después él me platicó que había bailao "con la pierna bien metida"—asina me dijo—¡qué coche! Güeno, la pobre gabacha nunca volvió a uno de nuestros bailes—yo creo que one time with Joe Hurts was enough for her.

Pero a pesar de todo, el Joe Hurts era un hombre muy popular en los bailes, casi tan importante como el bastonero de antes—tú sabes, aquél que manejaba los bailes. Como las salas de antes eran muy chicas, pos no había suficiente campo pa' que todos bailaran a la vez. De modo que ese hombre, ese bastonero, llamaba a los que iban a bailar cada pieza, y todos hacían lo que él man- daba. Güeno, ya hoy en día no hay tal cosa como el bastonero, pero el cuento es que el Joe Hurts era casi lo mismo de impor-

tante en nuestros bailes porque él sabía munchos de los versos
de antes. Pos sí, sabía varias entriegas y los versos que echaban
en aquel juego de los cañutes. Y además de eso, él componía
versos—made 'em up right on the spot, ve. Como en las fiestas
de las bodas, pos me acuerdo que el Joe Hurts salía con unos
versos tan atinaos que munchas veces la gente le juía. Like that
verso he made up for don Samuel Madril. Todavía me acuerdo
de ese verso—no sé por qué, pero se me quedó en la mente. Este
Samuel Madril era un soltero poco feo, pos le había dado muy
fuerte la virgüela cuando era niño y el pobre se había quedao con
la cara muy picada. Anyway, en aquel antonces don Samuel
andaba buscando una novia, pero quizás no había tenido muncha
suerte—después sí, se casó con doña Ninfa, una mujer muy
güena, she was so nice, nomás que chupaba muncho. But at that
time don Samuel was still single, y ese Joe Hurts fue y le com-
puso este verso:

Se llegó el mes de marzo
Se llegó el mes de abril—
Ya comenzaron a dar calabazas
Al viejo Samuel Madril.

¡Qué tal travieso!—¿no? Güeno, hacía la misma cosa cuando
andaba dando los días—tú sabes, pal primer día del año. Esa era
una costumbre muy popular más antes—ya casi se ha apagao,
pero anyway, los hombres iban de casa en casa, cantando y pidiendo trago. El Joe Hurts siempre llegaba acá primero, como yo
me llamo Manuela, ve—güeno, y también porque yo le daba una
botella completa. There was nobody like Joe Hurts para dar los
días, but the thing I remember the most was that valse chiquiado
—pos antonces sí se aventaba el cabrón. No sé si habrás oído de
ese valse chiquiado, pero es una pieza muy vieja—pos, yo creo
que ya nomás los puros viejos saben de él. The way it worked
was like this: el bailador tenía que echarle un verso a la bailadora,
y si no le cuadraba el verso, pos ella le echaba sus papas al pobre
y él tenía que pensar de otro verso. Luego, a las mujeres también
les tocaba echarle un versito al hombre, y asina iban. ¡Ooh, cómo
se divertían!—especially when Joe Hurts got started. A ver si me

acuerdo de algunos de los versos que echaba él. Había unos muy sinceros, murre bonitos, ve. Me acuerdo que él echaba uno muy parecido a ese verso de las Mañanitas—a ver cómo iba. . . .

Hay estrellas en el cielo
Lindas como la esperanza—
Quisiera bajarte dos
Pero mis brazos no alcanzan.

¿Cómo te gusta?—pos, muy maderista el fregao. Pero munchas veces les echaba unos versos chistosos a las mujeres pa' ver cómo respondían, like a contest, ve. Había uno que trataba de un zapato. Deja ver si lo puedo recordar—zapato que yo dejo. . . no, que yo abandono. . .a ver. . . . me quisites, me dejates. . .sí . . .asina iba:

Me quisites, me dejates
Me volvites a querer—
Zapato que yo abandono
No me lo vuelvo a poner.

¡Ahi está! Pos, ¿qué diablos le iba a responder la pobre mujer? Güeno, había una mujer que sí le sampaba la gorra al Joe Hurts de vez en cuando—la difunta Veneranda. Esa mujer tenía la chispa muy a la orilla, ve, and she wasn't scared of nobody. Pos, una vez me acuerdo que andaba aquí en la cantina—porque también le gustaban sus traguitos, pero el cuento es que entró un gabacho. No era de aquí, just passing through, quizás, o pueda que fuera uno de esos vendedores. Anyway, aquel día hacía muncho frío y entra el gabacho y se sienta junto a la Veneranda, aquí en la barra, ve. Y le dice—queriendo hablar mexicano, quizás, le dice— "Pretty cool-o". Y la Veneranda nomás lo miró y le dijo— "Sí, está pretty, pero no pa' ti, cabrón".

¡Ay, qué risa nos dio!—y el pobre gringo ni sabía por qué. Pero, como te digo, esa mujer sí se defendía muy bien cuando le tocaba echar esos versos chiquiaos. Me acuerdo de esa vez cuando el Joe Hurts le echó un verso de la luna. Asina le cantó:

Viene saliendo la luna
Vestida de seda negra—
Anda dile a tu mamá
Que si quiere ser mi suegra.

Y ¿sabes cómo le respondió doña Veneranda? Pos, le dijo:

Viene saliendo la luna
Vestida de seda colorada—
Anda dile a tu mamá
Que no te quiero pa' na'a.

She paid him back good, ¿no? Pero como te andaba dijiendo, ese Joe Hurts era un lover a todo dar—poco asqueroso y medio acabao, pero siempre en la movida. Pos, una vez se enamoró de su cuñada, la hermanita de su esposa, ve, y izque andaban juntos, yendo a un baile por ahi. En aquel antonces, su mujer—Lydia se llamaba, trigueña pero muy güena gente, pos ella todavía estaba con él, pero si hubiera sabido lo que andaba haciendo el cabrón, pos she would of dumped him even sooner, yo creo. Anyway, esa noche andaban en el camino pal baile—o pueda que fuera en el viaje pal chante, ya no me acuerdo, pero el cuento es que el Joe Hurts había arreglao con su cuñada pa' que ella se sentara junto a él. Pero no le valió porque la Lydia fue la primera pa' subirse a la troca, so ella se sentó en el medio, ve. But that didn't slow Joe Hurts down, no—pos, fíjate que poco a poco fue metiendo la mano por debajo del asiento hasta llegar a la pierna de su cuñadita. Güeno, él pensaba que era ella, de modo que iba muy happy metido en el "piernology"—tú sabes cómo te digo, ¿no?—hasta que al fin su mujer le dice: "Pos, ¿por qué andas tan alborotao? ¡Aguárdate hasta que llegamos a la casa!" Güeno, quizás el Joe Hurts no tenía el brazo tan largo como él pensaba. Pero ¡qué historia!—¿no? Parece chiste, but it's the real truth—tanto que sufrió la Lydia con ese sinvergüenza. Güeno, al fin she gave up and left him, y dentro de poco, el Joe Hurts perdió la casa. He ended up living in town here con su hija, pero ella no lo podía aguantar tampoco, de modo que fue a dar en la calle. He didn't have no one to blame but himself, pero sabes que él nunca ha-

blaba mal de su mujer ni de su familia. Tampoco se quejaba de
su vida—pos, teniendo su "agua bendita", él andaba murre
contento.

Güeno, y no estaba solo tampoco, pos tenía sus dos compas
que siempre andaban con él. Y hasta jallaron dónde quedarse,
pos, they moved into that warehouse de Woods and Bailey. Hace
años que está abandonao, yo creo que no tiene ni una ventana,
pero tiene techo anyhow—güeno, lo tenía porque ora lo están
derrumbando. Cuando acaban de destruir el warehouse, también
van a tirar la tienda vieja, ese merchantile que ha estao ahi desde
el principio del siglo. Güeno, tienen que hacer lugar pal museo
nuevo del Baby Jesus—pero, como te digo, hacía años que el Joe
Hurts y sus cuates vivían en ese warehouse. Eran como los due-
ños del lugar—pero lo curioso es que el Joe Hurts estaba viviendo
en el mismo lugar onde mataron a su hijo—güeno, actually, lo
"shutiaron" en la casa de Woods. You probably saw it on the way
over here—esa mansión que está arriba en la loma. Yo creo que
el Nique Torcido la levantó allí pa' poder sentarse en el portal y
mirar todo su "reino"—la tienda conti warehouse, los corrales
onde guardaban los animales que él compraba, el depot del fe-
rrocarril, ese Chile Line—güeno, todo el valle de Chilí, porque
en cierto modo sí era dueño del mismo valle.

And you know how he got so rich?—pos, no le decían el
"Nique Torcido" nomás porque tenía una pierna tiesa y andaba
medio cojo. No, pos ese hombre engañó a munchos rancheros
con el "repartimiento"—that's what they called the system he
had pa' hacerse rico. Lo que hacía es que fiaba a los rancheros—
he'd set up each borreguero with a herd of sheep, un hatajo de
dígase cien borregas. El borreguero cuidaba el hatajo, y todas las
provisiones que la familia ocupaba durante el año, pos they
charged them en la tienda del Nique Torcido. Nomás que cuando
llegaba el tiempo de arreglar cuentas, los borreguitos nunca
bastaban pa' pagar la deuda, so the ranchero siempre quedaba
debiendo. Pero no había problema—el Nique Torcido era un hombre muy confiao, de modo que le daba más crédito al ranchero
pa'que se quedara más atrasao pal otro año, hasta que al fin el
Nique Torcido se quedó no solamente con las borregas y la lana
sino también con el mismo rancho del borreguero.

Güeno, asina levantó esa mansión en la loma—con el puro sudor de nuestra gente. Y no era una casa de adobe—el Nique Torcido no iba a vivir in a mud hut. No, pos levantó una casa de madera pintada de tres pisos—un skyscraper pa' nojotros. Tiene dos parapetos como esos castillos que mira uno en los libros, y adentro está lo mismo de lujoso, con entarime de madera dura, puertas de vidrio, stained-glass windows, chandeliers—¡todo el garrero! Cuando el Nique Torcido se murió, esa casota se quedó en manos del viejo Bailey, pero él nunca vivió en ella—muncho lujo pa' él, quizás. Güeno, su hijo es la misma cosa—pos, fíjate que el Donald Bailey sigue viviendo en Corucotown. No es una casa muy chiquita, pero no es grande tampoco, y claro que no tiene na'a de lujo—pos, munchos de sus mismos empleaos tienen mejores casas que él.

Anyway, como te estaba dijiendo, el viejo Bailey dejó la mansión de Woods abandonada por varios años—luego, su hijo se la arentó al condao, to use for the county courthouse, ve. Sí, ahi tenían la corte, nomás que no usaban los pisos de arriba—just the first floor. Güeno, todavía era la casa de corte cuando shutiaron a ese Lavender Kid ahi. Asina se llamaba el hijo del Joe Hurts—güeno, era sobrenombre, por supuesto, pero todo el mundo conocía al Lavender Kid. De padre cojo, hijo rengo, dicen los viejos, y es cierto—pos, ese muchacho, he never fit in, ¿sabes cómo? De muy joven se pintó pa' Califa y ahi sí cagó el palo—pos, le entró a las drogas, ve, y no nomás a la mota—no, izque he was messin' around with heroin too. Y tienes que recordar que esto fue en los fifties, de modo que no había tanta droga como hoy en día—ora es una barbaridá, pero anyway, ese Lavender Kid llegaba aquí de vez en cuando, bien togao en su zootsuit y sus anteojos negros y esos calzones guangos que usaban los pachucos. Se creía muncho, pero no era más que un ladrón. Izque robaba pa' comprar sus drogas, y era muy atrevido también—he ripped people off day or night—it didn't make no difference to him. No, ese Lavender Kid no tenía na'a miedo, y ¿qué miedo iba a tener when he never got caught? Pos, los chotas siempre llegaban tarde—pa' cuando llegaban ellos, él ya se había pintao. El único "clue" que dejaba era ese olor—that smell of lavender. Güeno, por eso le dieron el apodo del "Lavender Kid", ve—siempre usaba esa cosa que los muchachos se echaban en el cabello en aquel antonces, ese sebo jediondo. Fue otra costumbre que nos trujo de California—it was like his trademark, y te puedes imaginar qué tal coraje les daba a los chotas cuando llegaban at the scene of the crime y no jallaban más que ese olor a alhucema—asina le dicen a "lavender", ¿no?

Güeno, con el tiempo todo ese negocio se convirtió en... güeno, casi se convirtió en un chiste. No es que la gente hacía approve de ese Lavender Kid—pos, además de ser un ladrón, he was a bad influence on the kids too. . . . Pero tú sabes cómo es la gente—siempre rooting for the underdog, de modo que munchos se reían cuando leían en el papel que el Lavender Kid había escapao otra vez. No sé, it was kind of like Billy the Kid—se convirtió en un hero, ve. Yo creo que por eso acabaron por matarlo —pos, los pobres chotas ya andaban muy avergonzaos. Güeno, pero aquella noche cayeron en suerte, or maybe the Kid just ran out of luck. Como quiera que fuera, tocó que alguien que vivía enfrente de la mansión de Woods vido al Lavender Kid entrando por la ventana. Aquél llamó a los oficiales y les avisó que el Kid estaba adentro del courthouse. Pos, volaron pa'llá y rodearon el lugar, lo mismo como en el cine. Hasta le gritaron: "¡Come out with your hands up, Kid!"—that's what the *Río Bravo Times* said anyway, y yo creo que es cierto. Por supuesto, el Kid no salió con las manos en alto, de modo que los chotas entraron a la casa. Según parece, el Kid se encontraba en el escalereado, ese spiral staircase, ve, y no sé, pero a mí se me hace que el Kid iba a entregarse ya—pos, era un tecato pero no tenía na'a de tonto. Anyway, izque uno de los chotas vido algo relumbroso en la mano del Kid—no sé cómo diablos pudiera haber visto eso siendo que estaba escuro adentro de la casa, pero el cuento es que disparó el cabrón y luego todos dispararon, and they blew the Lavender Kid away. Aunque el reportero dijo que no jallaron ningún arma, la policía reclamó que habían disparao en "defensa propia" —eso fue el achaque que usaron. Algunos juraron que el Kid sí tenía una pistola y otros decían qu'era una navaja—un switchblade, ve. Others claimed it was the cashbox he was ripping off, pero ¿ya qué? Estaba muerto el Lavender Kid and it looked like nobody gave a damn. "Agarró su merecido"—dijeron munchos, pero pobrecito el Joe Hurts, pos fue su único hijo. Nunca habló de él, but I know it always bothered him—pos, también los borrachos quieren a sus hijos. Es nomás que les gusta el trago demasiao—pero ¡qué bárbara yo! Hablando tanto del trago y tú con la botella vacía. Pos, aquí tienes que pedir—como dice el dicho, él que no llora, no mama.

¡Ay, Diosito!—sometimes I feel like crying myself. Y yo te digo, hay veces cuando me siento con ganas de cerrar la puerta y que coman truscos todos los Fatales y Brujas y Joe Hurts. Güeno, ganas tengo de hacer eso, te digo, pero las aguanto. Yo no sé por qué—well, I guess I get that from my mama. Ella era la curandera del valle más antes—güeno, también servía de partera, pos yo creo que ayudó al parto de la mitá de las almas de Chilí. Oh, mi mamá era una mujer muy educada—hasta sabía leer y escribir en un tiempo cuando ni dejaban a las niñas ir a la escuela. Creían que las mujeres no necesitaban saber de esas cosas—¿pa' qué educarlas?—decían—¿nomás pa' limpiar nalgas? Güeno, mi mamá quería hacer más que "limpiar nalgas", de modo que se enseñó a leer—she taught herself how to read and write, nomás que lo tuvo que hacer a escondidas. Pos, ella me dijo que cuando era niña siempre tenía su librito escondido debajo de una zalea, y cada chanza que le daba, lo sacaba a leer. Mientras echaba tortillas en el comal leía, ve, y yo creo que de ahi sacó la maña de chamuscar las tortillas—pos, no las cuidaba muy bien como andaba queriendo leer.

Como quiera que fuera, madrecita sí era una mujer muy independiente, and I got a lot of that independence from her too. Pos, yo mantengo esta cantina aquí y no ocupo a nadien ni muncho menos un hombre. No quiero decir que no he tenido hombres en mi vida, pos no soy una monja. But there's only one I really cared about, mi Crosby—sí, the same name as that famous singer, nomás que el Crosby mío no podía cantar. Pero sí sabía hacerme reír ese sanamagón. Mis hermanas no lo querían—por ser gringo, ve, pero yo y mi Crosby pasamos unos tiempos muy güenos. Tenía un carro tan bonito—murre fancy con madera en los lados y unas llantas white-wall. Nos paseábamos por ahi y todos se morían de envidia. No nos casamos, pos ni hablamos de eso—we were having too much fun, quizás. Pero luego vino la guerra y mi Crosby se fue pal army y no lo volví a ver nunca. No, no lo mataron los alemanes, pos yo creo que más bien se murió por una alemana—¿entiendes cómo?

Güeno, después de la guerra, that's when I started going up to Colorado—sí, iba al valle de San Luis con mi primo Elizardo pa' pizcar papas. También iba al betabel allá en Greeley, but I never liked it—una vida tan dura y luego uno tiene que aguantar el desprecio de los gabachos. Pa' ellos todos semos los mismos "mojaos"—¡qué cagüete! Mis antepasaos han estao en esta tierra ya hace más de cuatrocientos años, y esos cabrones, pos apenas acaban de llegar de Rusia o de Inglaterra o quién sabe ónde—el cuento es que *ellos* son los verdaderos mojaos, ¿qué no se te hace? Anyway, I came back to Chilí y me puse a trabajar aquí en mi lindo vallecito. Empecé en la cocina del hospital y ahi me quedé por varios años, y luego jalé por un tiempo en ese restaurante de la Granada. Trabajé en munchas partes, nomás en Los Alamos no. Sé que munchos fueron pa'yá, pero yo ya estaba hasta aquí con los gabachos. Al cabo que lo que me gusta a mí es servir al público, a mi propia gente, ve—pos, that's why I opened this cantina. Y sabes que munchos llegan acá, y no nomás pa' tomar—pos, también vienen por remedios. No, no estoy hablando d'esa "agua bendita" de la marca Budweiser, más que piensen que sea el mejor remedio pa' la cruda. I'm talkin' about the *real* remedios—las yerbas de antes, ve—pos, ya te he dicho que mi madre era una curandera y fíjate que a mí me enseñó muncho.

Güeno, no sé ni la mitá de lo que sabía ella, pero sí puedo darte una güena sobada y te puedo hacer un remedio pa' que descanses de los reumos. Munchos vienen pa' pedir algún remedio, nomás que casi son los puros viejos porque los muchachos ya no creen en las yerbas de antes. Pero sabes que eso es una lástima porque sí trabajan nuestros remedios. No soy como algunos que dicen que los doctores no sirven—pos sí son muy güenos pero no le pueden ayudar a uno siempre. Y munchas veces los que entran al hospital salen peor—o hasta pueden salir en un cajón, tú sabes cómo. Lo que digo yo es que si usábamos las yerbas naturales que Dios nos hizo, falta que ni nos enfermáramos tanto. Fíjate que más antes teníamos una vida muy dura, pero no nos enfermábamos muncho—muy saludable la gente

de antes, y la razón es que todos usábamos los remedios mexicanos. Güeno, y yo también leí que munchas de las medicinas
que compramos en la botica, pos esas píldoras están hechas de
las mismas yerbas que usaba madrecita—el mastranzo, yerba de
la negrita, escoba de la víbora, el oshá. Ese oshá es una de las
mejores plantas que hay—pos, no hay como el oshá pa' los dolores
de la panza, y un té hecho de esa raíz es muy güeno pa' curar
las heridas. También hay que llevar un pedazo de oshá pa' que
no te enconen—pos, es muy malo el econo.

Güeno, pa' todo hay un remedio, hasta pal amor. Pos, you'd
be surprised all the people who want some help with their love
lives—¡ooh, I could make a million dollars! Hasta los viejos quieren ser mejores lovers, quizás—pos sí, el otro día llegó una viejita
buscando algo pa' ayudarle a su esposo pa' que. . . pos, tú sabes
qué. Güeno, yo le dije que sí sabía qué le podía ayudar, pero ¿a
esa edá? Pos, se pueden lastimar los pobres—de repente se caen
de la cama y se quiebran un "hip"—¿qué no se te hace?

Anyway, if *you* get sick sometime, y no quieres gastar todos
los reales con los doctores, pos, you come and see me. O si nomás
quieres hablar, pos aquí estoy. Believe it or not, munchas veces
nomás me pongo a escuchar. Eso es lo que necesitan munchos—
alguien que les escuche. Es otra forma de remedio—puro therapy,
¿qué no? Pos, por eso los ricos pagan cien pesos la hora to some
shrink. Güeno, aquí sí tienes que pagar la cerveza, pero la plática
es free, pos yo platico con todos. Hasta le escucho a la Bruja
cuando se pone a maderearme—ay, ¿sabes lo que hizo ese zonzo
ayer? Pos, fue a la mortoria—él y el Fatal fueron pa'llá pa' despe-
dirse de su cuate, ve, nomás que andaban hasta el eje—so what
else is new? Anyway, empezaron a llorar y gritar allá—izque hicieron una bulla, pos I can just imagine. El cuento es que se pusieron
tan alborotaos that they ended up dumping Joe Hurts on the
floor—¡pos sí!—volcaron el cajón y tumbaron al pobre difunto.
Don Rogelio, él que manda allí en la mortoria, pos he had to kick
them out—¡qué barbaridá!

Güeno, así es la vida de ellos—always getting kicked out,
nadien los quiere. Y yo no sé ónde diablos van a ir ora que el Baby
Jesus los ha echao de ese warehouse. Oyes, ¿no quieres otra fría?
Sé que he hablao hasta por los codos—pos, ando poco depressed
hoy, ve. Anyway, I'm glad you came in—¿qué me platicas tú?

MÁS QUE NO
LOVE IT

English Text

PREFACE

While it is neither a caste nor a social class, surely the Hispanic community of Northern New Mexico remains today what it has been for more than three centuries: a cultural microcosm of the universal Hispanic spirit.

Despite the distance between this small nation with Santa Fe at its center and the dominant cultural metropolis of Mexico City, and its even greater distance from its proper grandmother on the Spanish peninsula, this present-day community thrives and prospers, displaying its Mexican-Hispanic pride in its own well-defined Northern way.

Though identified for centuries, according to the old Spanish peninsular understanding, by the traditional concept of "the borderland," this part of *La Nueva México* (the mistaken phrase of Gaspar Pérez de Villagrá) soon took on the historic totality of Spanish asceticism. This was true even in the farthest-flung limits of Spanish colonial rule.

In our century, the North has played an important part in the renaissance of Mexican Hispanicism, standing in the public spotlight before a new national reality called the Chicano Movement. During those heroic years of resistance and public protest, significant works of the past were brought to light, a necessary act in order to sustain the ideology which was being demanded by the people.

Now, in this generation, once again the "borderland" gives us an original work of personal experience in fiction: **Más que no love it.**

Even today the people of the North, proud of their familial, religious and linguistic values, do not fully trust the glance of the stranger, whether he is Hispanic or not, fearing that he might try to change them. In fact, outside forces have failed to transform their way of life, and in their plains and mountains they have held on to a well-defined identity, clear in its cultural values and strong because it is grounded in the bedrock of its spirit.

The spirit of these Hispanos is precisely what is different about them: the truth of their native identity, the treasure of their history, and the richness of the fabric of their way of knowing. In their spirit lies their authentic reality, the basis of all their values and performance, both yesterday and today.

Here is where the ancient and the modern, the Hispanic and the Anglo, work, yes, *work* together, with a bit more emphasis on native traditions in the privacy of their homes and their daily social lives than in the everyday world nearly dominated by Anglo Saxon culture.

It seems necessary to state the above in order for us to understand the mythical grounding of **Más que no love it.**

The social background of such a work is of the greatest importance to its creation. While its authority is established by the truth of the writer's personal experience, it seems that the author's vision should necessarily be more valid when he is part of the community from which his fiction is created. In this way he shares at first hand the fruits of his labor with those who read or listen to what he has written. This is the framework of his authenticity.

The characterizations which are fully observed in the author's community yield in the work a strong ethical sense. This moves us, because social truth runs through the active and passive characters without the need for stylistic cosmetics.

If there are outstanding characters it is due to natural working out of circumstances, further nourished by the emotional response of the people themselves, the ones who were there in the first place.

It seems here we are in the presence of a cast of regional characters, and, indeed, these are descendents of the children of Plutarch and the human parade of the **Claros varones de Castilla**—and even more recently, those of the Belken County of our own Rolando Hinojosa. If the characterizations have been produced by the natural voice of a woman, so much the better; it serves to remind us that gender is not to be imposed in the business of literary creation.

The hero, if we look for him, is the common person, at times augmented by a certain Joe Hurts or a wise and knowing barmaid. We prefer the common people because they produce accurate reponses while combining in plain speech the social currents that really matter. Thus emerges the popular wisdom and natural irony of Latin life, of *la Raza* that always knows how to laugh.

Through these means we penetrate the heart of North American Hispanic life in the legendary North of Mexico, where the people congregate as if they are in a temple permanently filled with holy pilgrims, melded together by the warmth of their common identity and mythical cultural kinship.

But even if we don't partake of the warmth that our private, social and ancestral reality has provided—an indispensable part of the cultural transcendence which has sustained us through the centuries—we would still have to admit that our spirits are united by our speech, with all its familiar and accepted Chicano elements.

This is the life's blood of our people, without which we would be just "Americans." By itself, that would be all right; but because we speak Spanish, it confers upon us an additional reality, perhaps the main one of our whole culture.

What *la plebe* (itself a Northern expression) says is what the author Jim Sagel tells us. He comes prepared to give shape to the greatest of all characters, the people themselves, who are drawn in the most immediate and effective way possible: through the use of the spoken language and its non-verbal counterparts, *manitos* all.

Here lies the power of the author: in the truth of linguistic expression exactly "as is." It is the use of this language that situates us in Chicano literary and linguistic territory. And that space is the best, because it isn't fake, isn't imposed, has developed on its own: it's unique because it is unequalled. From this, it appears, springs another cultural imperative: this country's total linguistic reality, the sum of the parts of its expression. So in **Más que no love it** we have a work of American Spanish.

Sergio D. Elizondo, Las Cruces, New Mexico
June 15, 1990
Translated by A. Samuel Adelo
Santa Fe, New Mexico

EGG SHOES

It happened during the "dripping season." It had rained four days straight, and it looked like it was going to keep right on raining. And now, on the fourth day, the dripping had begun—water was leaking through the roof all over the house. My papa had already shoveled a mountain of dirt up on the roof—in fact, he was worried the vigas might break under so much weight. But with all that rain, well, the water eventually had to seep through.

We were always a close family—but all shut up in the house like that for so long, well, it was tough. Especially for a ten-year-old girl going on adulthood who needed a little privacy now and then. And, of course, in those days, we women were expected to do all the work inside the house—so what else has changed? We accepted our role—what else could we do? But when the men stayed inside, messing up the house and then getting in the way when we tried to clean it up—well, things got twice as hard. My papa—he was the worst. He was the kind of man who always had to be busy—all the time working outside. Even now when I remember him, I see him with a tool in his hand—an ax, a shovel, a hammer—he was always working at something. So when the "dripping season" came—or when those blizzards would bury us during the winter—my papa would get so nervous that you could hardly stand him. He'd get in a terrible mood and start pacing from room to room like a caged lion. The bad thing was, he'd take it out on all of us, especially mama, poor thing—she worked so hard and, on top of it all, she had to take his belly-aching in silence.

After several days of steady rain, the pots and pans we had placed all over the house were filling up with the drops that fell from the roof. On the fourth day of the rain, my tía Juana and tío Plácido showed up at our door. My aunt and uncle's roof was even worse than ours so they couldn't stay in their house any longer. "It's just like being outside," my tía Juana said. Though my mama was pleased to see her sister, my papa got more grouchy than ever. I knew very well what my papa thought about his brother-in-law—I had heard him telling my mama once that my tío was "good for nothing." So I knew what my papa was thinking—that if my tío Plácido would have fixed his roof instead of fooling around all the time with his stupid "games," they wouldn't have had to come to stay with us now.

But here they were, and me, well, I had to let my aunt and uncle use my bed. I moved into the kitchen where the roof wasn't leaking so much. My new bed was a sheepskin on the floor. Our house, like all the houses in those days, wasn't all that big. We were already too many for the house, but we made room for two more. There was never any question about it. My aunt and uncle were family and they needed our help. And, naturally, we helped them—that was our way of doing things in those days.

And, in spite of my papa's poor opinion of my tío Plácido, it was a good thing he was with us. At least my papa had somebody to talk to, someone to help him pass the time. If there was one thing my papa enjoyed almost as much as working with his horses, it was talking about them. He was very proud of his horses, and they were the best ones in all of Coyote—there was no doubt about that. I don't know how many times my papa told my tío Plácido the story about his Morgan. That must have been his favorite horse because it had already been years since he had died and still my papa was talking about him. I myself already knew the whole story by heart.

One time he hitched his Morgan up with a young horse that didn't know how to work yet. It was his own fault, my papa told my tío over and over—he shouldn't have overloaded the wagon with that green firewood. To make matters worse, they had to climb some steep inclines to get out of there, and that poor Morgan pulling all that weight by himself. But that horse would rather die than give up, and that was exactly what happened. By the time my papa got home, his Morgan was sick. Within two days, the horse had died. He must have torn himself apart inside trying to pull that terrible weight. But what a shame—my papa told my tío time and again—there was never a horse stronger than that Morgan.

And my tío—well, he'd just sit there saying, "Sí, sí," while he kept working on his puzzles. Those were the "stupid games" that my papa thought were such a waste of time. Even if they were, those puzzles were as important to my tío as horses were to my papa. And it took a lot of intelligence to create those things. My tío would get himself a scrap of cardboard and cut it into pieces of all different sizes, and then he'd put them all back together again. Sometimes he'd construct his puzzles out of wood, carving the pieces with his pocketknife, and then he'd bother everybody in the house to solve them—you know, to put all the pieces in the right place. When he'd start in with that, my papa would gaze outside more than ever, telling my mama that he had to go out, but she'd refuse to allow it. "No, señor," she'd tell him. "What's the matter with you? Do you want to get sick?"

That was the one and only time my mama was able to tell my papa what to do. She may not have known that much about raising animals or the other business of ranching, but she was the expert of the house when it came to illness. Well, she *had* to be, with a family of eight children. It was amazing how much she knew about herbs. She was always forcing us to take some kind of remedio. I used to hate them—they were so foul-tasting! Now I'm grateful because I realize my mama raised us all with those bitter teas. I still remember what she used to do when I didn't want to take one of her remedios—she'd just grab my nose, force my mouth open, and down the hatch.

My mama had to work overtime preparing her home remedies when her sister arrived during the dripping season. My tía Juana, you see, was a hypochondriac. That's what everybody used to say, anyhow, and I think even my mama knew it. My tía was always complaining about one pain or another, and now that she found herself surrounded by the whole family, she really got carried away. There were plenty of people around to give her sympathy, and while the drops from the roof kept falling as steadily as the rain outside, my tía Juana complained to each of us about her terrible headaches. My mama gave her one remedio after another—inmortal, oshá, poleo, ruda. But nothing seemed to help. And if my mama wasn't already worried enough, my papa made the situation even worse with all his grumbling about his sister-in-law. He kept saying that Juana was just pretending to be sick, and that if my mama wouldn't give her so much attention all the time, she'd probably get well in a hurry. My mama just listened to him in silence. At the time, I remember taking that as a sign of weakness—I thought she was afraid to answer him back. It wasn't until years later that I came to understand that *she* was really the strong one—she chose not to fight back for the sake of the family. She always forgave us for our shortcomings and our faults. It was her way to look for the good side in everyone.

And that was just what she did when my papa got to complaining about my tía Juana. It was a perfect way of handling the situation. "She's just like you," my mama told him. "She can't stand to be idle. It's hard on her being in someone else's house without her own chores. She's nervous—just like you. That's why she gets sick so much."

What could my papa say about that?

My tía Juana had another habit too. She stuttered—I guess she had had problems speaking since childhood. As far as I was concerned, I was never bothered that much by her complaints about her "illnesses" because I was always laughing at the way she pronounced her words. It was secret laughter, of course, because that was a matter of the greatest importance in those days—one respected one's elders, and especially the very old. But I couldn't help but smile when she'd say, "Let's go pee-pee so we can g-go slee-pee."

And she did go to bed very early—as soon as it got dark, she was snoring. Naturally, she got up with the chickens too. I remember that first morning she was with us—by the time I got up, she was already busy ironing. "I alread' wa-wash and i-iron and Placidi still asle-epin'," she told me. "But my he-head is sti-il hu-hurtin; so mu-much hi-hi-hita."

Then my mama got up to make breakfast. After we ate, my papa emptied the pots and pans outdoors and came back in to tell us the weather still looked bad. He sat down and started weaving a rope out of horsehair. My tío Plácido finished creating a new puzzle and he showed it to my tía, but she said, "I don't la-la-like those stu-stu-pid ga-games," which made me think she must have overheard my papa, but my mama said my tío was very smart to be able to figure those things out.

That was how our days passed, one after the next, with the rain still falling and the water dripping rhythmically in the pots like a tireless clock. But what I remember more than anything else—even after all these years—are the nights because it was during the evenings that my parents got together with my tíos to play cards. My brothers would go to the other room to do their own thing, and sometimes I'd join them, especially if my brother Belarmino was playing the guitar. But since they were all boys and older than me, they never really wanted me hanging around. It didn't matter anyway because I preferred staying with the adults—just to listen to them talk. They'd play rondita, and I'd laugh because my tía Juana would always get mad at my tío. She always claimed he cheated by stealing her beans, and then she'd get so excited when she got a chance to give him a "slam."

"CLAM!" she'd shout, slapping her card down on top of his with all her might. During those moments, she'd get into the game so much that she'd forget all about her "aches and pains."

They'd play every night, sometimes nearly till dawn because my papa was so stubborn that he'd refuse to let the others quit until he had won, or at least ended up in a tie. But they used to have a great time, betting chickens and sharing stories while my tío Plácido made my tía mad with the "spells" he'd cast on the cards. "Cruz de macho—if you let me lose, I'll stuff you up," he'd say. "Cruz de encino—if you let me lose, I'll stick you up."

But my favorite time was after the game. Then my mama and my tía would make coffee and buñuelos, and they'd all sit around gossiping while they enjoyed their midnight snack. By that hour, they had already put me to bed, but since I wasn't that far from the table where they talked, I heard everything. It was then that all the "good stuff" about the relatives and neighbors came out. It was during one of those late night sessions that I learned that my tía Elena had married her first husband in the hopes that he would die—really! It was during the First World War, and my tía got hitched with the guy the day before he was supposed to leave for the war. She didn't really care for him, but she was convinced he'd never make it back from the war—he was just a little guy, they said, and kind of sickly too. Apparently, my tía married him solely for the pension she would receive, but she was in for a big surprise. The army didn't want him either. I don't know if it was because of his height or his health or what—but the story is, he was sent right back home. And you know what my tía did then? Why, as soon as she found out she wasn't going to get any money, she dumped the poor guy!

Some nights they'd talk about witches too, but my papa never approved of that. In his eyes, witchcraft was just another "stupidity." He'd never seen anything like that—"not a single fireball" —and that in spite of the fact that he had spent his whole life riding through this country on horseback, day and night. But my mama and my tíos would talk about witches anyway—and I'd just lie there, half scared to death. With my eyes closed and the incessant dripping sounding in my ears, I had no trouble at all imagining the wicked, twisted faces of the witches with their black cats and their owls. They'd talk about that old hag who lived up in el Cañón de las Grullas—Pilar, the one they claimed was a servant of the devil. My tía told about the time Pilar brought a pot of beans to a wake. Nobody touched those frijoles, which was a good thing for, by the following morning, they were all rotted and crawling with worms. Sometimes they said things that were so incredible that I could hardly believe my ears—like the time Pilar fell in love with a married man from Polvaderas. When he refused to leave his wife for Pilar, she bewitched him with a cigarette, somehow turning the guy into a woman. Oh, they were incredible stories—mysterious and magical tales!

I can't really explain it, but somehow I knew something strange was going to happen that year during the dripping season. It's a gift I've always had—I myself don't really understand it, but it's like I can sense when things are going to happen. It was the same way back then, except I didn't know how to deal with what I was feeling because it was the first time it had hit me so hard.

It had been six days since my tíos had been with us—and it was still raining. Oh, it would stop for a while, but, before long, it was raining again. And the dripping inside the house—well, it never stopped. By then, my tía's headaches had gotten much worse and my mama was more worried than ever. That day she decided to give her sister a different remedio. My tía Juana had been complaining that she had a temperature, and it did seem like she was running a fever. So my mama beat some eggs to make a plaster. She spread this poultice on some rags which she tied around my tía's head and feet, and she told her to lie down in the back room. I don't know exactly what happened, but I guess it was because my tía was so nervous—she just couldn't stay still for more than a minute. Anyway, just as we were sitting down to eat dinner, my brother Eduardo started yelling, "Here comes my tía Juana crawling like crazy with her egg shoes!"

We all came running, and, sure enough, there was my tía Juana crawling down the hall with her "egg shoes" lifted up behind her. It was impossible not to laugh—she looked so ridiculous. All night long we laughed every time somebody mentioned "egg shoes." Until the following morning when we discovered my tía dead.

We never knew why she died. There were no doctors in those days, so people would simply say, "She got a bad pain and died." That same morning, after ten days of rain, the sky finally cleared and sun broke through. We held my tía's wake at our house, and even though the rain had stopped, the dripping continued inside the house. But no one seemed to notice as the drops fell together with our tears.

My tío Plácido, I remember, sat with the body all day, staring at it in silence. It was almost as if he were concentrating on another one of his puzzles, somehow trying to figure it out.

Naturally, we all felt terrible for having laughed at my tía—my papa worst of all. But I thought then—and I still believe it today—that it was a good thing we had laughed that night. It was like a final gift from my tongue-tied tía who, in spite of her pains and complaints, still knew how to make people happy.

I know I remember her—even after all these years, with my mama and papa both dead now—I still remember my tía Juana and that time of the dripping season. And even though it never rains here anymore and my parents' house has crumbled with the years, I still see my tía Juana crawling through my mind. In her shoes—her egg shoes.

WHO KNOWS WHAT THE PROBLEM IS OVER THERE

Well, she'd already been over at the bank, but none of those fregados could help her. Who knows what the problem is over there! All they did was send her from one person to another. So now she's ended up here at the post office with a fistful of bills from the Kit Carson Electric Co-op and a line of people behind her, explaining the whole story to the postmaster for the third time about how her poor brother keeps getting more and more bills and Kit Carson charging and charging and charging and the poor thing hardly even turns on the lights.

How in the world could they be charging him fifty dollars! She doesn't use that much electricity in a month, even with her television and her sewing machine, and here they are charging and charging and charging that poor old man who doesn't even turn on his TV.

Well, she just doesn't know what to do anymore and those people over at the bank where she pays her light bill, well, not a one of them could help her out. Who knows what the problem is over there! And the postmaster simply stares in silence since that's about all he can do as she slaps and slaps the bundle of bills down on the counter, charging and charging and charging him. A number of people in the line give up and leave, but I stay right where I am to hear her story for the fourth time because I want to know how the government's going to answer her and, anyway, I also want to know just what the problem is over there that they keep charging and charging and charging that poor old man who never even turns on his TV.

I GO IN WRONG HOUSE

for Chris

My tía Tomasita was a sharp lady, you know. There wasn't much she couldn't do—well, she even learned how to speak English, probably better than anyone else in the family. I was thinking about that time when she started working for those gringos in Santa Fe—you remember, when she first moved down from Coyote. At that time, she didn't know a word of English so they had to communicate in sign language. I remember my tía Tomasita talking about how the first morning her boss wanted to eat some scrambled eggs for breakfast. Naturally, she had no idea back then what "scrambled eggs" meant, so her boss pointed to the chicken house, lifted two fingers, and swirled his hand, trying to get across the idea that he wanted two eggs scrambled up. My tía must have thought those gringos really lived a life of luxury because she went straight to the chicken house and caught two chickens. She picked them up by the neck and killed them just as she had been taught as a child, by twirling them by their necks until their bodies flew off. Then she took the pair of birds into the house and fried them up. Well, she was only doing what she thought her boss wanted!

Of course, later on she learned English very well, even though she never liked to use it much. At least, she never spoke it to me. She even told me once that she didn't like going to the English mass because she was afraid her Tata Dios wouldn't understand all those prayers "en inglés." I can only imagine how hard it must have been for her. After all, my tía had always been a mountain woman. That was her life, and she knew it well, riding on horseback and lassoing calves right along with her brothers. She chopped wood, made adobes, plastered, and bucked hay every bit as well as the boys. How strange the city must have seemed to her when she moved here! My tía had spent her whole life riding through the mountains she knew better than you know this street. But the town was like a maze to her with all the streets and houses that looked exactly alike.

I don't know if she ever told you about the time she got lost. It happened during that same time when she first started working here. One morning she set out walking for her patron's house. The only problem was that he had several houses in that same location—one of them he lived in and the others he rented out. Anyway, my tía got all confused and went into the wrong house. She thought the place looked a little different, she said, but she didn't pay much attention. So she went ahead and started a fire in the stove to make some coffee, but she couldn't find the coffeepot. That, too, seemed a little strange to her, but, then, she did manage to find the coffeepot which she placed on the stove. But, when she couldn't find the coffee either, she finally realized she was in the wrong house. She got so scared she ran right out of the house, leaving the stove still burning.

All that day my tía worried about her mistake. She was sure they were going to tell her boss about the stupid thing she had done. She got so upset, in fact, that she didn't even sleep that night. The next morning she decided she'd better go and tell the truth about what she had done—she figured it was better than living with the guilt. And, to show her boss just how much she had learned in so short a time, my tía confessed in English, telling him: "Yesterday morning. . . . I am coming from the town . . . . emboca. . . .uh. . . .I go in wrong house. . . .y make fire in stove."

That was my tía Tomasita—but, what changes she went through in her life! Yet, she was able to accept each and every one, changing right along with the times. Still, she never gave up her old habits either—her old way of life. For one thing, she had a garden right up to the end of her life—and it was no small garden either. She did all the work in it—and by herself too. I'd always offer to help her out, but by the time I'd get over to her place, she'd already have all the plants irrigated or hoed. I couldn't believe how that woman used to work—of course, as she herself used to tell me, that was the way she had been raised. But I've never seen anyone in my life who worked harder than my tía—she never sat down for a moment to rest. And even when she did, she had to be crocheting. Always crocheting—talking and stitching, you know what I mean. Once she even fell asleep in her chair, but do you think that kept her from crocheting? No—even in her sleep, her hands kept working with the needle!

My tía never stopped working but, then, she never quit worrying either—and not just about going into that "wrong house." She was convinced she had cancer—and not just in one place, but throughout her entire body. She had cancer in her leg—that's where she claimed it had started. Then, it got into her liver—God only knows how, but that's what she said. Afterwards, the cancer had spread to her lungs and traveled up her sinuses into her head—at least that's what my tía thought. And do you know why she was so sure she had cancer? Well, my tía had read her own x-ray at the doctor's office. Yes, she had seen that "retrato" and there was the cancer, clear as day, right there in that picture!

I remember when they finally put her in the hospital that first time. My tía was sure she was going to die. She told me they were going to give her a "shote" to put her to sleep—you know, just like an old dog. And all that for a short visit to do some exploratory tests on her!

Naturally, the tests showed that my tía didn't have the cancer she was so convinced she had. But they did find out she had sugar diabetes. The doctors told her she had probably had high blood-sugar for quite a while already, but that was a real mistake on their part. My tía Tomasita figured if she had lived all this time without knowing about the condition, she could go right on ignoring it. So, even though they put her on a strict diet, my tía never followed it. She kept eating all the fried potatoes and tortillas she wanted, and, of course, she never quit smoking. She did take her home remedies because she always believed in "las yerbas," and, anyway, a little tea made from the root of the capulín couldn't hurt. Plus, it would help with the cancer she still thought she had. Those doctors just hadn't told her about the cancer because they didn't want to worry her too much. They knew she didn't have a chance to survive—after all, the cancer had already spread throughout her body. Those doctors had figured it was better she didn't know so she could die in peace at home. That's what my tía Tomasita used to say. Of course, she didn't pass away until several years later. And when her time finally did come, she didn't die in her home.

My poor tía Tomasita—it's almost as if I can still see her lying in that hospital bed with all those needles stuck in her. She couldn't speak anymore but her eyes—her eyes kept pleading with me to take her home where she could die with some dignity. But we didn't do it—I guess we thought she still had a chance to recover. All I know is I've regretted that decision ever since. That, and the way we handled her wake, which was nothing like what she would have wanted. My tía would have liked her velorio to be like those of the past, at the house with all the relatives and neighbors eating and praying together and singing all night long. Of course, no one does a wake like that anymore—these days, everybody goes to the mortuary. And that's just what we did with my tía Tomasita—we had a rosary at Block's Funeral Home, and that was it.

But the funeral was even worse—thank God my tía couldn't know what it was like! All the old people were there—the ones who were still alive, at least, sitting in their usual place in the front pews. But the priest—not Padre Martínez whom my tía liked so much, but a new padrecito, a gringo from Michigan—well, he spoke totally in English. Even all the songs were in English! And all I could think about was how my tía Tomasita always used to say that her Tata Dios didn't understand all those prayers in English. So, just to be sure at least one prayer would reach Him, I prayed the Padre Nuestro in the language of my tía, in the tongue of her God.

And as the memories of my tía flooded over me—her jokes, her stories and her incredible strength—I felt a little better. I imagined what she herself might have said had she wandered into the church for her funeral: "Yesterday morning. . . . I am coming from the town. . . . and I go in wrong house."

I smiled at that thought as I stood in the line of mourners. And the pain—well, it wasn't so bad anymore.

THIS PIFI

This Pifi. Actually, his name is Epifanio, but everybody knows him as "Pifi." And *how* they know him in this "neighborhood bar" that itself seems to have no other name. It's already the third bar of the evening, you see, and who knows how many beers—I gave up counting a long time ago.

First, we went to the Tropicana. I wasn't all that excited about going in the first place, but since Pifi has been trying to get me "out of the house" for years and he is my neighbor and even married to one of my cousins—well, I finally agreed to go bar-hopping with him. But, I'll tell you, the Tropicana was a mistake—they had a band there that wasn't worth a damn. Some batos from Chimayo—"Alfonso y los Serenaders," they were called. What a sorry excuse for a band—it seemed like they didn't even know how to play their instruments. Of course, it didn't matter all that much because they turned their amplifiers up so loud you couldn't tell what the hell they were playing.

When we finally got tired of yelling at each other, we split to the Swan Club. That was my idea, but it turned out to be just as bad. I knew it would be a little more peaceful there, but I never figured it would be like a mortuary. Well, how was I supposed to know?—I never hang around the bars. And even though I really wouldn't have minded spending a couple of hours there drinking and bullshitting, my neighbor—the "veteran," you understand— needed a little more action.

So, we polished off our Buds and came here to the neighborhood bar where, as Pifi puts it, "at least you can look at a woman or two." My elbows are stuck to the filthy table and I can barely breathe through the billowing clouds of smoke in this place, but Pifi's happy enough for us both. He orders another round of brews and gets up to stick a quarter in the jukebox and play his favorite tune.

"A muy buen tiempo me dejas, Lucille. . .con cuatro niñitos

y crops in the fil," the song begins, as Pifi sings along with the Martínez brothers on the record.

"That's just the way women are, ése," he tells me. "They got you between a rock and a hard place. Really, guy—they get everything they can outa you and then they kick you out in the field."

I know Pifi must be having it out with his wife again. His domestic battles with his "consorte," as he calls her, are a regular legend in La Angostura. I guess after all these years they've gotten so used to their constant state of war that they've given up even trying to hide it. Why, they've even been known to shoot at each other! Once we heard a shot from their house—it must have been midnight already—and I didn't know what the hell to do. My wife wanted me to call the cops, but I hated to get in the middle of it. Then, all of a sudden, Pifi ran out of the house and took off in his truck. "He's killed her!" my wife screamed, but then Marta also came out and peeled away in her Ambassador. Well, at least we knew they were both alive.

"Qué sanamabitche, man!" Pifi continues, lifting his Budweiser. "Them women are the devil. I'll tell you, cuate—it's just like the old song goes:

> Women are nothing but the devil—
> Each one a daughter of Satan.
> They took their scissors to San Antonio
> And left him balder than sin.

"It's the truth, mano—but, shit, we can't live without 'em, no?"

And without giving me so much as a chance to reply, Pifi goes on: "But you know, I had a *lot* of novias when I was young. Shit, yes! Pos, you know what it's like when you start chasing after ass, no? Me, I had five chicks after me at once when I was over there in Korea, and every one of 'em wanted to marry me. Just soon as I got back, they all wanted to get their hooks in me. Pero, luego I went and put one of the letters in the wrong envelope, and Christ!—before I knew it, all of 'em found out what was going on. After that, not a one of 'em would even write to me anymore. Shit, all the mail I got was letters from the old lady. Then, when

I got back home, damned if they didn't finish screwin' me over. Them bitches went and told every last female in town what had happened—shit, I couldn't even get a date there for awhile. Sonofabitch, ése—I had to go all the way up to Truchas just to find me a chick. It was all fucked up, cuate. But them times are gone now, you know what I mean. Hell, everything was different back then. Well, for one thing, there wasn't hardly any gringos around here in them days. Pero, qué cabrón—soon as I got back from Korea, I saw everything was changed. Hell, I didn't even know who my neighbors were anymore, mano—they all were a bunch of goddamned gringos. Shit, man, them gringos got us like the chicken on the bottom roost. You know the dicho, ése— the top chicken always shits on the bottom one. But you know something? Even them sonsabitches are better than that bastard Cejón. Did you know that cabrón stole old One-Eye?"

"What—your rooster?" I ask, knowing all the time that "One-Eye" is the oldest and meanest gallo in all of La Angostura. He's also, for some totally obscure reason, Pifi's favorite pet. Speaking for myself, I've tried my best to kill him more than once—and with more than good reason too. Pifi, you see, lets me have all the eggs I want—"Go help yourself to some eggs," he's always telling me. But every time I go into the chicken house, that damned rooster jumps me. He always turns his head, showing me his blind eye—trying to trick me into letting down my guard. Then, when I least expect it, there he is, pecking away at my leg. Every time he does it, I kick him a little harder—I send him flying to the other side of the hen house. Then, I've got to worry that maybe I've killed him, knowing that feathered devil is the apple of Pifi's eye. But when I come back for more eggs a few days later, there he is again, meaner than ever. I'll tell you, that rooster has survived floods, epidemics, thieves, and even the packs of wild dogs that run through La Angostura at night. He's downright indestructible, and I have to hide a smile when I tell Pifi:

"What a shame you lost your gallo."

"Yeah, but he got away and came back home. And I know who stole him too—pos, the pobre come running from the direction of that cabrón Mr. Cejón. You know, that story about San Isidro is true—nothin' worse in the whole world than a bad neighbor. That guy bothers me worse than a stuck fart! Always giving me some kind of shit—like with that arroyo."

I begin peeling the label off my bottle, taking pains to get the "Anheuser-Busch" off in one piece. Mr. Cejón, by the way—that's Freddy Martínez, Pifi's neighbor to the south with the bushy eyebrows and the sticky fingers. And this "battle of the arroyo" between Pifi and Mr. Cejón, well, it's a historical one—the stuff ballads are made of. The whole thing started when Mr. Cejón got on his Ford tractor and tried to divert the arroyo away from his property. Naturally, it did him no good whatsoever, for the first downpour in July washed all the sand he had piled up straight down to the river. But that didn't stop Pifi from hiring the Salazar family to build him a gigantic wall down his side of the arroyo. Even though we haven't had a big enough run-off yet to test Pifi's new defense, Mr. Cejón got pissed off and rented a back-hoe to build a huge wall of sand on *his* side of the arroyo. So, now there's just a narrow ditch running between the rock wall and the mountains of sand, and who knows what the hell is going to happen when that arroyo really fills up!

"I don't know what I'm gonna do about that cabrón!" says Pifi, drawing a match to his Lucky Strike. "What balls, ése—trying to change the arroyo to run to the north! Shit, everybody know that south is always under the north—and the water's gotta run downhill. It's only natural, man. Oyes, let's play that song about Lucille again. You wanna 'nother birria?"

"No," I tell him, checking my watch which is already reading ten till two. "Maybe we better go."

"Hell, no—it's still early!" he declares, but the tired barmaid is not in agreement with that. She informs Pifi that there's no more Budweiser and no more Lucille for the bar is officially closed.

"Bueno—let's take a leak and get the hell outa here," Pifi says. "Looks like they're kicking up out. But I got a bottle of Seagrams at the chante. Let's head on over there, ése."

And we stumble to the head while the barmaid cleans the bar and starts turning out the lights.

"You know, I used to have a *lota* novias when I was younger," Pifi says, as we both miss the toilet bowl, pissing all over our shoes.

SO, COMPLAIN!

"Each of us takes care of Papa for two weeks," the nervous, curly-haired woman tells me. She glances at her watch every few minutes as she waits for the doctor with her eighty-three year-old father. The poor anciano breathes with great difficulty and pain, the result of a lifetime of inhaling coal dust.

"I remember Papa was hardly ever at home when I was little. I'm the oldest in the family, you know—and I remember he used to take the Chili Line north to work in the mines at Ludlow and Walsenburg. He'd stay up there for months at a time—in fact, the only time he came home was for Christmas Day."

"Get me a glass of water, hija," the old man says, coughing and gasping for breath. The woman rises with a sigh and returns with the water to continue speaking.

"We're eleven brothers and sisters, see, and we all take turns looking after Papa now that Mama's gone. Actually, we're only nine, because George is out in California and Prescilla. . . ."

At that point, she allows the conversation to die, turning her attention to her fingernails while her father closes his eyes, but not to rest.

"But we can't bring ourselves to send Papa to a rest home," she begins again. "Oh, there were some who said we ought to do that, but Papa would never last in a place like that. He's used to being in his own home, with his family all around him. And I told them—if we send him there, he'll go fast."

And as she lifts her arm to check the time again, her sister—the one she's apparently waiting for—arrives. After a mechanical embrace, the first daughter tells her father—loudly, for he's gone a little deaf: "I'm going now, Daddy."

"Why you going?" the old man asks, gazing at his new "patrona" with the hard eyes and black dress.

Though the elder seems less than satisfied with his new living arrangements, he suddenly suffers another loss of breath. The cold-faced daughter marches straight to the secretary, demanding to know why her father hasn't gotten in to see his doctor yet.

"My father's a very sick man!" she exclaims. "How in the world can you keep him waiting here all morning long in his condition?"

And, in spite of the conversation her sister shared with me, this stern-faced matriarch doesn't say a single word. But she does speak with her father, asking him how he's been feeling, sleeping and eating. She pulls a comb from her purse to comb his hair and she straightens his collar. All the while, she keeps talking about the family and the cold weather and the lack of snow which we're going to regret come spring. In fact, she doesn't stop talking for one moment until at last they call her father's name and the nurse comes for him.

"How are we doing today, señor?" the nurse asks.

"Bien. . . . pretty good," answers the anciano in a weary voice.

"No, Papa!" shouts the daughter, grasping his arm as she helps him to his feet. "Now is the time to complain. So, complain!"

MÁS QUE NO LOVE IT

"Anymore I'm just as bad off as old Nazario—just as crippled as he was before he died. Bueno, it's this leg of mine that holds me back—broke it twice, you know. And then, with all the years I've got to haul around on these old legs. . . ."

It's my grandfather speaking, naturally. And the more he complains, the heavier he leans on the cottonwood stick he pulled off a fallen tree. It doesn't bother him one bit to walk miles through the mountains after a calf or a deer. But here, on the road to the Santuario de Chimayó—well, if you can believe what he says, he can barely move. Yet, he refuses to take a rest or to let us even catch up with him.

The problem, of course, is that he didn't really want to come. It's been years since my grandfather retired from his career as a plumber, but his habit of always staying "occupied," as he puts it—well, that's something he'll never give up. When my grandmother told him he would have to go along to the Santuario, my grandfather replied that it was a waste of time, that he had his "business" to attend to and, if she wanted some exercise, why didn't she just come out to the garden and help him hoe the chile?

But, at last she made him go. After all, this pilgrimage is *for* my grandfather. We're fulfilling the promise we made last winter when a bad case of pneumonia nearly did him in. My mother and my grandmother promised this walk to the Santo Niño back then, so here we are now on the road to the capilla. When we were planning the trip, I remember my mother told Grandma that she shouldn't try to force my grandfather to go with us. Sure, he had recovered and was stronger now than ever, but, my mother told her, "You know he doesn't like to do these things."

"Well—más que no love it, he's going too," my grandmother replied. "He made the promise too."

My grandfather, of course, has long forgotten that particular promise, but my grandmother has it all recorded in her memory

—along with every other detail of every moment of the past. That's one thing you have to understand about my grandmother—she's a walking encyclopedia of history. She can tell you precisely what such and such a compadre said to such and such a comadre on such and such a day of such and such a year. And she'll tell you how the comadre was dressed, where the compadre used to live, what the weather was like, and just what she was doing in that place. And, of course, in order to explain that, she'll have to give you the entire family history of her late compadre (who was the first cousin of the stepmother of her uncle) and of the comadre (who was the daughter-in-law of her neighbor who used to live in Gallina but who now has bought herself a trailer in Apple Valley, but, poor thing, they found out she has cancer). And Grandma will remember if it was San José's Feast Day, or Santa Clara or San Isidro or San-Who-Knows-What because that's the way she measures out the days of the years of the centuries, amen. My grandmother, you understand, is a very religious woman.

In fact, that's exactly why we're walking to the Santuario on the worst day of the year, the day of the Passion of Our Lord. I say that because on Good Friday everybody and his dog hits the road to Chimayó. It's a tradition here in Northern New Mexico, but it certainly isn't the best time to contemplate the suffering of Christ. Good Friday's like a carnival—not that I'm such a santita myself. I mean, I came mostly to check out the guys—but Grandma's a whole different story. She insisted on coming today because the archbishop is walking on this day too. And it goes without saying that, for my grandmother, he's the "star of the show"—especially because he's the first Hispanic archbishop we've had, plus, "he's so cute," as she puts it. The only problem is that he must be way ahead of us because we haven't so much as caught a glimpse of him. Of course, we did get a late start. We were supposed to have been at the Santa Cruz Church by seven this morning—that was the time when all the faithful were going to leave together with the archbishop. But we didn't get to the church until. . .well, it must have been nearly eight o'clock, because we had to wait for my grandfather. He was out in the corral feeding the chickens and the pig, and I'm not going to say he was late on purpose—mostly because I don't have to, seeing as how

Grandma already has, and not just once either. Anyway, ever since we left the church, she's been prodding him to hurry up— you know, so we can catch up with the archbishop.

"What's your hurry, mujer?" he asks. "We're not in a race here. You're going to get yourself all worn-out."

And you know how my grandmother answered him? ''You're the one who's going to get tired. Before long, the sweat's going to pour down your stinky arroyo!"

That's Grandma for you. Once, I remember, they were visiting us and Grandpa decided it was time to leave. The only thing was, my grandmother wasn't quite ready to go. After awhile, my grandfather went outside and waited for her in the car. When she still didn't come, he started honking the horn. Finally, she did walk out the door, but not without commenting, "Cabrón." Then, in the same breath, she told my mother, "Hija, ask God to give your poor mother the gift of patience."

I think my little brother maybe ought to ask the Lord for some patience too. He's walking with us today, but he's none too happy about it. Of course, you have to understand he just started high school this year as a tenth-grader. And if his buddies would happen to spot him walking down the road like a pendejo with his grandparents and his mother and sister—well, he'd probably have to leave town or something. Grandpa is dressed in his usual ragged levi jacket, the one he always wears, regardless of the weather or the occasion—an ancient coat with more holes in it than a sieve. And Grandma's decked out in her red kerchief, the old-fashioned kind you only see these days on the TV westerns. But, worst of all, my mother went and told Grandma that Mark has a girlfriend who lives in Chimayó.

"¡Qué bueno!" Grandma said. "We'll stop at her house to get a glass of water, and so she can meet Mark's gramita."

I don't know if Grandma was serious about that or not, but my brother sure thought she was, which is why he's been hiding all the way up the road, jumping behind trees and into arroyos, and following us from up on the hills. My mother keeps yelling at him to catch up with us, and he finally does, but very slowly, and with a hang-dog face. And now the expression on his face is worse than ever, for Grandma has begun singing—

singing in the middle of the road with people all around her!

"Bendito, bendito, bendito sea Dios. . . . Los an-ge-les can-tan y a-la-a-ban a Dios. . . ."

"This stick here reminds me of old man Nazario," says my grandfather, interrupting that boring song that lasts longer than "99 Bottles of Beer on the Wall."

"Bueno, I didn't know Nazario too good. He was already viejo when I knew him, crippled up just like me now. I remember he used to always use a stick to walk around with. He never bought a cane or nothing like that—he just used any old stick he'd find on the ground. He was a francés—came here from France when he was a joven. He was all by himself too, but in them times, everything was free. He got married to a woman from Coyote. . . ."

"La Onofre," Grandma says.

". . . . He got married with a woman from Coyote," my grandfather reiterates, as if Grandma hadn't said a word. "They built a house over there and raised a family. They had a big familia. . . ."

"Seven sons and five daughters. . . and two that died when they were niños," Grandma interrupts again.

". . . .They had a *big* familia," Grandpa continues. "And old man Nazario used to have a lot of sheep—a *big* hatajo. I used to help him herd the sheep when I was a muchachito. I'd herd them down through those mountains to Española. They had a big corral there at that Casa de Woods—there where Merced lives now. Bueno, I'd put the sheep in the corral and then I'd go back to Coyote. But I didn't really know old man Nazario all that much. His son, mi compadre Carlos—him I knew good. I even took care of his rancho a few years. I'd plant that land for a third of the harvest—and I took care of it along with my own place in los Chihuahueños. But what a good rancho my compadre Carlos had! That first year I farmed it, we harvested 400 sacks of potatoes."

"There weren't that many," Grandma says.

'"400 sacks of potatoes! I had to pay people with potatoes to help me take them out of there. And it wasn't like it is now with good roads—oh no! The road in them days was just a path in the rocks—and the most you could load on the horse-drawn wagon was maybe twenty sacks. And to get off that mountain—forget it! Downhill all the way—muy duro."

"Duro?" my grandmother cries. "It was terribloso!"

"Pero tú," replies Grandpa, recognizing Grandma's partic-
ipation in the conversation for the first time, "you were always
afraid of animals."

"Y. . .¿cómo no? I had plenty of reason to be scared! What
about that time we went for apricots?"

"What happened then?" I ask my grandmother.

"Bueno, he told me it was a tame horse—muy dócil, he said,"
she tells me with a look of disgust as if the very memory pains
her. "I got on the horse with him—I was dumb enough to ride
double with him. The ride out was bad enough, but on the way
back home, that devil of a horse started rearing."

"Did he throw you?"

"No—gracias a Dios. But by the time we got back to the house,
the apricots in the sack were all mashed up and my legs were raw
from holding onto the horse so hard."

"Sí—that road used to be pretty rough back in them days,"
my grandfather continues without so much as acknowledging
my grandmother's story. "On top of that, it went through the river
so many times. Six times it crossed the river!"

"Seven," interjects Grandma.

"*Six* times it crossed the river, and in them times, the river
had a lot of water—not like now. In the old days, it used to rain—
and it snowed a lot too. That river was always full of water. It used
to come all the way up to my knees sometimes—and me on
horseback!"

This time Grandma offers no corrections—apparently, she
never crossed the river on horseback. So we walk along in silence
for a few moments. We pass by a couple necking under a Chi-
nese elm and a wino seated in the decaying porch of his ancient
house, but I don't really notice the people or even the racket of
the motorcycles racing up the road. I'm walking in another world,
the world of my grandparents, trying to imagine a time when
the river ran full of water and people worked for potatoes.

"Pero ¡qué hombre mi compadre Carlos!" says Grandpa.
"Nobody ever took advantage of that man!"

"Maybe not, but my comadre María could take pretty good

care of herself too," replies Grandma. "Like that time she castrated the pig."

"What happened with the pig?" I ask when my grandmother doesn't continue the story.

"Pues, I don't know exactly how it was," she begins, "but it seems like my compadre Carlos wasn't at home that day. It was time to castrate the pig—the moon was right, you see, because the moon has a lot to do with such things. Bueno, my comadre María didn't feel like waiting for her husband to do the job, and, since she was so valiente, well, she decided to do it herself. She went and tied up the pig and she was already getting her knife ready when her neighbor Geraldo came by. When he saw my comadre was going to castrate the pig, he offered to do the job for her. Bueno, María told him to go ahead and do it. Then, a little while later, my compadre Carlos came back home and he saw the pig was already castrated. He asked María who had done it, and she told him that she had and if he wasn't careful, she could do the same thing to him ."

"She's the same María who was our neighbor for so many years, no?" my mother asks Grandma.

"Sí, la misma. She moved down here just after we did. You knew her well, and her son too. You remember Gus, ¿qué no?"

"How could I forget him?"

"Why do you say that, Mom?" I ask. She just laughs as she walks a few yards ahead. Finally, she answers.

"Well, there were a number of reasons. See, when I was about your age, I had a crush on Gus—'Gus-de-la-vecina,' we used to call him—'Gus-of-the-neighbor.' His real name was Agustín, but we all knew him as Gus-de-la-vecina. He was a year older than me and, even though he knew who I was, he never paid any attention to me. Sure, we'd wave like neighbors do, but we'd never talk. Then one day one of friends told one of his friends that I liked him. I was so embarrassed! But I was happy too, because the dummy finally started to notice me. He even asked me out on a date. In those days, the old El Río Theater was still open and he was going to take me to the show there. I don't remember what the picture was anymore, but I do remember that Daddy didn't want to let me go. He said I was too young to go out on a date. Your tías complain about how strict your grand-father was with them, but I think he was worse with me. I was the baby of the house, you know.

"Anyhow, he finally did let me go—I think because of your grandma. She told him that Gus-de-la-vecina was a 'buen muchacho.' After all, they'd known him since he was a kid. So I spent all that day cleaning the house, and especially the living-room. That's where I thought I would meet him—the door to the livingroom was the closest one to his place. But I forgot that Gus-de-la-vecina was like part of the family. He had been our neighbor all his life and he knew all my brothers and used to come over to the house all the time. So, naturally, he came in through the kitchen door, just like the rest of us.

"But the thing was that Dad had butchered a calf that day. Your grandma and your tía Elena were there in the kitchen clean-ing out the cow stomach, with that awful stink, and there was Gus-de-la-vecina knocking on the door! Well, I ran all over the kitchen, clearing the dinner dishes off the table like mad. And I don't know how it happened—I guess I was in such a hurry that I threw all the dishes into a big pot in the sink. I didn't notice that was the pot where they were emptying all that stuff out of the stomach. Well, just as Gus came in, your tía Elena looked at the pot and shouted, 'Mela, you put the dishes in the shit!' "

"Oh no, how embarrassing!" I tell my mother. I'd like to know a little more about this Gus-de-la-vecina, but Grandma doesn't give me the chance to ask anything. "Let's pray," she tells us.

Immediately, she kneels at the side of the road, and me and Mom have to join her, of course, with our knees in the gravel and the goatheads and the broken Lowenbrau and Schlitz bottles all around. Grandma yells at Grandpa to join us, but he's suddenly gone "deaf," a condition which comes and goes at his own con-venience. He keeps on walking, though not quite as quickly as before. No one—neither my grandmother nor my mother—tries to call my brother because he has disappeared again.

Grandma knows every prayer that was ever prayed, and some are so long and complicated that I swear she must be making them up as she goes along. Now she starts with one she says is the "perfect prayer" for today—the "Prayer in the Garden."

"Do you not know, my soul, that the Anointed One has come to you? Do you not understand the divine love that your heart has received?" she begins. I'm praying too, but not exactly with my grandmother. I'm begging the Lord to make Grandma's prayer a short one because once she gets started, well, there's no way to get her to stop until the whole thing's over.

When at last she finishes and we get up, our knees sore and aching, we resume our journey, trying to keep our minds fixed on the suffering of Christ. Of course, that's not so easy with all the young people around and this trash on the road. Just now we passed by a dead dog on the shoulder of the road, and here in this yard—well, you'd have to see it to believe it. It's a dead tree—an apple tree, it looks like. And do you know what they did to it? Well, somebody painted it—and not just one color. Each branch is a different color—one is blue, another one is red, and the trunk is a bright yellow, like the color of an egg yolk. And if that wasn't bad enough, they bought some plastic fruit—you know, the kind you can get at Walgreens—and they hung it on the branches. God, what a weird looking tree!

"Mira, qué cute!" my grandmother says when she sees the tree, and I have to glance over at her to make sure she isn't joking. But, no—she actually likes this ugly thing. I guess Grandpa does too, because he's been standing here studying it as he waited for us to catch up with him.

"Now, *that* fruit won't never go bad," he observes, adding when a carload of teenagers flies by on the road: "Stupid pendejos! They're going to run over a poor cristiano if they're not careful!"

My brother, who has once again appeared, is also studying something in his hand. When I ask him what it is, he shows me a switchblade he apparently found in one of his journeys through the arroyos. It's a black knife with a laminated snake and mother-of-pearl eyes. Actually, they're probably made out of plastic, and even though the knife is ugly and broken, I know my brother loves it.

What I would love, though, is to find out a little more about that neighbor Grandma used to have, doña María, the mother of Gus-de-la-vecina. I didn't know her too well, just in her old age when she was nearly blind and could hardly move. Once in awhile, I remember, she'd visit my grandmother. She'd come walking very slowly and carefully because she could barely see. Even though I was young at the time, I still remember her clearly—the anciana with the coke-bottle glasses and the huge hands that fluttered like two birds when she spoke. The one I don't remember is her husband, that "compadre Carlos" Grandpa was talking about. So I ask Grandma what happened to doña María's husband.

"He died, hijita," she replies. "My compadre Carlos died at a young age—he had an accident with a horse."

"And didn't doña María ever remarry?"

"No, m'ija. She used to say she didn't want to go through that 'headache' again—that's what she used to say. Of course, she did have Gus—that was the only child they had, and she raised him well. She gave him a good upbringing, and a good education too. But my comadre María never got married again. She'd say she could do anything a man could do anyway. And let me tell you, she did a lot of things even better than most men. She's the one who built the bathroom in that house—and she did it all by herself too. Before then, she didn't have any indoor plumbing—all she had was her outhouse. But she bought all the materials and she built herself a bathroom. She even did all the plumbing by herself."

"Bueno, she used to do all right," Grandpa says. His comment surprises me because I didn't even realize he had been listening to us. "She made those cabinets in her kitchen too. She did a pretty good job, just using scraps of old lumber she found laying around there. But sometimes she'd do some pretty stupid things too. Once, I went over there and I found her digging under the side of her house. I don't know what she thought she was going to do—I guess she wanted to dig a cellar. By the time I got there, she already had a big hole dug under there. If she would have dug much more, the whole house could have fallen down. I had to go and make some forms to reinforce the walls with cement."

"Well, maybe she didn't do everything right," replies Grandma, "but she was never afraid of doing what she wanted to do.

She didn't have to worry about what a 'certain someone' might say, like I had to."

I know that nameless "someone" is none other than my grandfather, for the story of how Grandma was always afraid of Grandpa is an old and familiar one. Knowing my grandmother and how bossy she can be, I find it hard to believe there was ever a time she was frightened of my grandfather—but, whatever the case, Grandma continues her story about her strong-willed comadre.

"Like that time she won that car at the show. She was always taking her son to the movies—he used to love the 'mono.' My comadre María would give that boy whatever he wanted. She'd even dress him up in a cowboy suit, with his pistols, a red bandana, and a hat, because he loved the cowboy movies. In those days, they used to have a raffle at the theater. I guess it was a pretty big rifa—I don't know, they never took me to the show. Anyway, the prize was a car and, wouldn't you know it, my comadre María won the car! The poor thing didn't even know how to drive, but she got it home anyway. They went to the show on foot, but they drove back home in a new car."

"I remember that car!" my mother exclaims. "It was a Chevy, wasn't it? A big blue one. I remember the car, but I didn't know she had won it in a raffle. What ever happened to that car?"

"Later on she sold it. I think she got so many tickets they finally took her license away—no sé. But my comadre María said it was better to walk anyhow. The church was close by and Wood's store was right down the hill. She used to buy everything she needed there—her groceries, nails, and clothes. So, she didn't really have much use for a car."

Grandma is saying this at the same time that carloads of young people drive by—all the lazy pilgrims of today's world. Now that we're less than a mile away from the Santuario, the traffic's really getting heavy. The cars and motorcycles can't even move anymore, and Grandpa is complaining again about how dangerous it is for a poor "cristiano" on foot, but I can hardly hear him over the racket. A hundred radios and cassette-players compete with the roar of the engines and the honking of horns, but none of it bothers my grandmother.

"Let's pray a Credo," she says, as if the recitation of the holy words might have the power to calm this unholy uproar.

"Yo creo en Dios," she begins, elbowing me sharply in the ribs when I don't start praying with her.

"I believe—I believe!" she scolds me, as if I didn't know the Credo in Spanish. But that's not the problem. I have to admit I'm starting to feel as embarrassed as my brother has been during this entire walk. Farther back, it wasn't so bad, but over here with all the kids my age—well, I don't especially want all the guys in their trucks and lowriders to see me praying while they're tripping out on Tiny Morrie and Van Halen. But, "más que no love it," I have to pray with my grandmother. Well, at least this time we're walking while we pray rather than kneeling on the road, and just as we get to the "amen," we also arrive at the Santuario.

I *think* it's the Santuario, anyway—the truth is, I can't see anything but people. I've never seen so many people in one place in my whole life. Gringos in jogging suits are sacked out against the wall in front of the Martínez store. Shirtless boys ride by on horseback with pretty, giggling girls. People and more people— businessmen and hippies, politicians and drunks, nuns and gurus, ranchers and scientists, rich and poor, tall and short, fat and skinny, saints and sinners—they're all here. A man in a wheelchair checks out a group of young girls flirting with some guys from Santa Fe, dressed in their high school teeshirts with a picture of their official mascot, a demon.

But the poor demonio doesn't stand a chance in this place— not up against all these people and all this faith. The faithful are crowded up in front of the ancient door, packed into the crude pews inside the church, and lined up against the thick adobe walls where San José gazes from the retablo at his son passing through the Stations of the Cross on the opposite wall. There's not even a chance to get into the small room connected to the altar, because that's where they have the holy earth, the sacred dust that generations of the faithful have taken from the hole that always replenishes itself, the miraculous dirt that has cured an army of the sick and has caused numerous cripples to get up and walk away. All along the wall are the crutches and canes that brought broken bodies to this room, but which stayed behind with the Santo Niño. Many of the crutches are tiny and the pictures taped to the walls are of children because the Santo Niño de Atocha is the guardian saint of children. And even though the poor santo is about to choke with all the rosaries draped around his neck, he still gets out to make his rounds. His shoes are always worn-out from his long journeys watching over the children of these northern mountains.

But there's no way I'm going to try to visit the Santo Niño—not now, with this mob of people. In fact, the only one who dares to get into the middle of it all is Grandma who elbows her way through because the archbishop is inside, getting ready to say mass. The rest of us—me, Grandpa, my mother and my brother—well, we just wait outside in the shade of the cottonwoods down by the ditch, resting and remembering all those stories about the harvest of 400 sacks of potatoes, the dishes in the shit, and the tree with the perpetual fruit.

Entertaining ourselves, you see, because we know we're in for a long wait. Grandma will make us stay here until the mass is over, and then we'll have to meet the priest of the Santuario and, if we're *really* lucky, the archbishop himself. Afterwards, we'll have to wait in line to get a cup of the miraculous earth, and then we'll stay inside the Santuario to light a few candles and pray a couple of rosaries and who knows what else. And even though Grandpa will complain about how he has his chores to do, his business to attend to, and his rights to uphold—it won't do him any good.

No, it won't do him a bit of good because he made this promise too, and "más que no love it," he's going to have to settle his account with the Lord.

THE WITCH

Everybody knows her, this woman who lives on the streets. Whether it's freezing cold or ruthlessly hot, you can always find her at the side of the road, walking along, sitting down, or simply standing there like a dusty statue.

She lives so far outside the circle of normal human existence that many call her a witch. But I don't think she is—that is, I don't exactly believe in witches (not in the light of day, at least).

Witchcraft is the name we give to those things we don't understand—or what we don't really care to understand: poverty, disease, and our fear of death.

And this poor, louse-ridden woman with her dirty rags, sunken eyes and ratty hair looks so much like the hideous figure of Death buried in the back of our minds that we tremble at the sight of her and cringe behind our crucifixes.

Yet, I do feel I ought to tell you about the time we were on our way to El Rito and she asked us for a ride. We turned her down, naturally—who would want to spend half an hour cooped up in a car with that stench?

We left her behind. And though we didn't see a single car on the way, when we got to El Rito she was already there, sitting on a cottonwood trunk, waiting for us with a curse.

THE FAMILY

"What do you wanna waste your time with that skinny thing for? Why don't you ask the 'boss' right away?"

That's what my papa tells my mama, no doubt biting his tongue to keep from laughing out loud. Even though my mama realizes he's teasing her, she takes his advice anyway. She carries Santa Bárbara back to the end room and gets the Santo Niño from his place of honor on top of the chest-of-drawers in her bedroom.

The Santo Niño is my mama's favorite, the most beloved member of the family, my mama's huge "family" of the saints. In the kitchen, she has retablos of San Pascual, San Isidro, and Santa Ana. In the hall, you can find the figures of San Francisco, Santa Rita, San Miguel, and San Lázaro. Standing like guards on both sides of my papa's bed are San José and San Pedro. And in my mama's bedroom—well, she has a veritable army of saints. There's a reredo of Our Lady of Guadalupe which she purchased during a pilgrimage to the Basilica in Mexico City. San Martín de Porres is in there with his well-worn broom, along with Our Lady of Carmel and Santa Mónica, the poor saint who prayed for twenty years for the conversion of her son, Agustín, and who must now listen to the identical petitions from my mama.

And that's not even all of them because my mama also has the "stand-bys" who sit down in the end room, waiting for an emergency, like the Santa Bárbara that she took out as soon as she saw those dark clouds because, even if she is "skinny," like my papa says, she does possess special power against electrical storms. Another member of the "reserves" is San Rafael with the trout in his hand and the ability to cure sickness in the eyes. While he was on Earth, San Rafael made the blind Tobías see and, ever since then, he's been working his miracles. After all is said and done, it must have been my mama's prayers to the fisherman saint that made my grandfather's cataracts disappear. The doctors had said there was nothing they could do to save my grandfather's sight, but San Rafael proved them wrong. My grandfather, at least, didn't have to spend his final years both blind and in pain, because he was in great pain at the end. He had cancer, and not even my mama's prayers could save him from that.

Back then, she prayed to San Judas, the saint of hopeless and impossible causes. Because San Judas is the saint of the last resort, one doesn't bother him much. But he is quite powerful. When my tío Delfín had a heart attack, my mama called on San Judas and, you know, he hasn't had any trouble ever since. Even the doctors can't explain it.

While my mama tries not to bother San Judas too much, she doesn't give a moment's rest to poor San Antonio. I don't know if it's the same everywhere, but in our house, we always seem to be losing things. Every time we misplace something, there's my mama calling on San Antonio for his help. And, usually he comes through too. However, at the moment, he's inside the trunk at the foot of my mama's bed. Yes, San Antonio's locked up because he's gotten stubborn all of a sudden, refusing to help my mama find her eyeglasses. She's been begging him for a little help, but he refuses to locate the spectacles.

Of course, my mama doesn't need her glasses to see how black the sky has gotten, which is why she takes the Santo Niño outside. At first, it seems like the angel-faced baby saint with the rosy cheeks might be able to stand up to the storm, for the sun comes out for a moment and a bird even begins to sing. "Didn't I tell you to use the 'boss' right away?" my papa says, still teasing my mama.

But, then, the rain suddenly begins to fall, and even my papa quits laughing when it starts to hail. Yes, a terrible hailstorm has come, in spite of the sacred stare of the "big boss" of the saints. And, if that weren't enough, a chunk of ice hits the Santo Niño right in the forehead—sas!—knocking him off his feet like a punch-drunk boxer. This, of course, starts my papa laughing all over again, a laughter that multiplies as my mama runs outside to rescue her poor baby saint. When she brings him inside, we can see the depression the hail has left in his forehead.

"Ay, what a headache that poor guy's gonna have!" my papa exclaims.

"Be quiet, hombre," my mama tells him as she runs her finger over the battered head of the santo. "He'll punish you."

"It's *you* he's gonna punish. You took him outside—not me!"

But I doubt the head saint will punish anyone, regardless of his pounding headache. And, if he does castigate us, there's not much we can do about that. There are good years and there are bad, and if this hail destroyed the garden and damaged the fruit trees, we'll just have to take it in stride. Anyway, it's San Isidro who's going to take it the hardest after spending the entire summer sweating alongside us as we planted and cultivated the garden.

But we'll live, of course—no doubt about that. And if we have to go through hard times, we always know we've got my mama's santos to fall back on. Yes, her "family" of saints will always be there to look after us.

I'M VERY SORRY

"I'm very sorry."

We pass through the line of relatives, taking the hand of the daughter with the swollen eyes and giving our condolences to the mother who is crying helplessly, hopelessly.

"I'm very sorry."

A great grandmother, the oldest member of the family, blind, sitting on the couch with her daughter, asks the name of every mourner.

"I'm very sorry."

"Who is it?"

"I'm very sorry."

At her side, the youngest of the family, the great granddaughter with the tentative smile.

"They bought me new shoes," she announces, and we all bend down to look, but the shoes are black with high heels and they're no good for running.

I'm very sorry, but death—death is deadly swift.

THE LATE JOE HURTS

Llega—come in. The bar's open—it don't look like it, but we're
open. It's just that this key is always so damn hard to. . . .oh, there
it goes. I had the place closed all morning, but I was just going
to open up, so come on in—sit down, siéntate. I just got back from
a funeral—that's why I was closed. Every year more funerals—
looks like I go to the camposanto all the time these days. Bueno,
we're all gonna end up there someday, no? But this funeral was
one of the saddest ones. Joe Hurts—you know him? Bueno, José
Dolores Pacheco was his real name, but everybody called him
"Joe Hurts." He was one of the "regulares" around here—everybody knew who Joe Hurts was. But you're not from here, are you?
I know everybody who lives in the valle here. Well, when you
own a cantina, eventually you see everybody—know what I
mean? Even the priest comes in here now and then for a shot or
two—bueno, not this stuck-up padre we got now—forget it. No,
I'm talking about Father Tomás, he was so nice—muy friendly
él. He used to treat us all alike, not like this padre who walks
around like he's too good for us. I'll tell you one thing—I'm not
gonna set foot in that church again, not as long as *he's* there. You
know, I was baptized in that church—I grew up there, but from
now on, I'm going to go to another parish, even if I have to drive.
I think I'll go over there with the indios in the pueblo—I don't
know, but like I say, I'm not going to this church again, not after
what the priest said today at Joe Hurts' funeral. Well, he told the
poor difunto off—yes, that padre let him have it right from the
altar, and how was Joe Hurts supposed to defend himself? He
said there wasn't gonna be no drunks in heaven—in fact, he said
the ones who waste their lives drinking, that they were all going
straight to hell. How do you like that? I thought priests were supposed to comfort the family, ¿qué no? I don't know what the hell
is wrong with that guy—maybe it's that metal he's got in his head.
He was in an accident at one time, I understand, and the doc-

tors put a metal plate in his head. I don't know—listen, what can I bring you? What are you drinking?

Mira—I'm not saying Joe Hurts didn't lift a few. He was a drunk—him and that gang of his, el Fatal y la Bruja. No—"la Bruja" is a guy. I guess they call him that because he's got a crooked nose like a witch—plus, he's pretty dark too, muy negro. Anyway, those three guys are always loaded—bueno, I guess I should say "were" because today we buried Joe Hurts. They'd come in here everyday for their tragos—always broke—sometimes they didn't have a penny between the three of them. I still remember what Joe Hurts used to do when it was time to pay—he'd turn his pockets inside out and just shrug his shoulders. ¡Qué sanamagones esos hombres!—I don't know how in the world I've put up with them for so many years. Just stupid, I guess—but, you know, I feel sorry for them. They don't even have anywhere to stay now that Baby Jesus kicked them out of that place he's throwing down, that Woods and Bailey warehouse.

What? You don't know who Baby Jesus is? You really *aren't* from around here, are you? He's the mayor of Chilí—the jefe. Well, his papa is the big jefito—el Primo Ferminio. Ferminio Luján—he's the boss, the one who runs Río Bravo County—you must've heard of him, even if you're *not* from here. This Baby Jesus is Primo Ferminio's youngest son, the baby of the family. His real name is Jesús Cristóbal, and he uses the name of Chris—that swimming pool they built the last time he was mayor still has his name—the "Chris Luján Swimming Pool." But everybody calls him Baby Jesus. I don't know why—maybe because he's got such fat little cheeks, or it might be because he acts like he's the son of God. He's always been like that—all high and mighty—and now he's worse than ever. Why, he even outdoes his own father. Bueno, the Primo has always been more of a gentleman than his son— friendlier, you know. Sure, he screws you over, but only after shaking your hand and wishing you a nice day. But Baby Jesus has never had any manners like his papa—he never asks about the family. In fact, he won't even say hello to you in the street—always with his head down, like a hog. And now that we've gone and elected him again, he's gone from bad to worse. Bueno, what can you expect? That first time he was mayor they caught him stealing money from the Boy Scouts, but I guess nobody cares. People can be so dumb—seems like we got no memory at all because now, just fifteen years later, we got him for mayor again.

And he's already up to his old tricks too. Now he's collecting money to build that museum—he says it's to preserve our culture here in the North, but that's just a bunch of BS. What he wants is another building with his name on it—know what I'm saying? And you can't tell me Baby Jesus isn't making a profit off of this too—all that money he's getting from the government? He's gotten money to throw down that old Woods and Bailey warehouse I was telling you about—and the store too. Well, they've bought the whole place from Donald Bailey—all the way from the old Woods mansion up on the hill down to the road here—it must be three acres. And I'm sure Donald Bailey got his cut in the deal too—otherwise, they never would have worked out that deal. That's the way those cabrones work—you know the story, one hand washes the other and the two of them wash the face. But what they really clean out is the wallets of the poor people—nuestros bolsillos, you know.

Ay ¡qué sanamagón!—your beer! The barmaid's a little forgetful, I'm afraid—more than just a little, you're probably thinking. Oyes, you heard the joke about the old-timer who wanted to marry the young girl? Once there were these two compadres and one of them wanted to propose to a young girl, except the "groom" was a little old—a lot of mileage on him, just like me, you see. Anyway, he brought his compadre along with him—you know, so he could talk him up some. So they went to the young girl's house and the old-timer tells her—he says, "I've got a little ranch." And the compadre says, "A little ranch?—he's got a *huge* place!" Bueno, then the old guy tells the girl, "I've also got a few cows." "A few cows?"—the compadre says—"He's got a whole *herd* of cattle." Well, he was trying to let the young lady know his compadre was a rich guy, see. Finally, the old man tells her—"The only thing is, I'm a little sick." "A little sick?"—the compadre says—"He's nearly *dead!*'" Bueno, that time it didn't go so good for the poor viejo, no?

But it always goes good for that Donald Bailey—why, he owns this whole valley here. He's got that hardware store and the saw-

mill and that gravel business and the bank and half of the property
in the county of Río Bravo. And that's just what he's got *here* —he's
also got a lot of places in the capital and all over the North—that
guy's gotta be a millionaire, and every day he's making more
money. He's never gotten along with the Primo—they're probably
jealous of each other, but that Donald Bailey always comes out
ahead anyway, thanks to Baby Jesus. Bueno, they're birds of a
feather, you know—they're always together. Every morning you
see them eating breakfast together at the Cowboy Family—that's
where they make their deals, and the biggest one so far is this
cultural museum.

The funny thing is, that property that Donald Bailey's selling
now—well, that's the same piece of land that made him rich in
the first place. Actually, the store used to belong to his old man—
but I just can't believe these gringos. Did you know Donald
Bailey's father came to this valley without a cent to his name—
why, he didn't even have a bed to sleep in. They say old man
Bailey spent his first year in this valley living in a tent—that's right,
in a tent he set up over there by the river, and he used to work
in the ranches around here—manual labor, you know what I
mean. But he didn't die of hunger, and before long he started
working for old man Woods—Nicolas Woods was his name, but
everybody called him "el Nique Torcido." Little by little, he saved
his money and built himself up—old man Bailey, I mean—and
later on, he ended up becoming Nique Torcido's partner. That's
when they started calling the store Woods and Bailey, you see.
Bueno, and when el Nique Torcido died, old man Bailey ended
up with everything—the store, all the property—everything.
That's how old man Bailey got so rich—and he left all that for-
tune to his only son, Donald. Well, it's like the old saying goes—
some are born feet first and others are born head first. And I'll
tell you, that Donald Bailey was sure born under a lucky star. He's
never had to work hard like his father, but in some ways he's just
like his old man—the cabrón makes money like it's going out of
style. Bueno, I guess that's how all those gringos are—they don't
know when to say enough. Just look at Thomas Catron, that law-
yer who came with the first "mericanos"—that's what my mother
used to call the white people—"mericanos." That Catron ended

up with all of our land grants—they say he had three million acres of land—can you imagine! Once that was our land, but now it's all in the hands of the gringos or the government—bueno, it's the same thing, no?

Well, just look at what happened to el Fatal, Joe Hurts' buddy. The poor guy lost his ranch, and it was one of the best ranches around here. But he couldn't afford to stay on his own land—every year he got less and less for his calves, but the price of the permits kept going up. Those damned permits—making us pay to run our animals up in the same mountains that used to belong to our grandfathers and great-grandfathers. And it's the same thing with the water—they charge us to build dams on the rivers so the gringos can go water-skiing. That's the reason el Fatal lost his ranch, because of all the costs—the permits, the taxes, and everything else. Finally, he had to sell the place and move into town. It was hard on him, but I think it was worse for his wife. She didn't last long after that—they claim she died of cancer, but I think she just died of a broken heart—well, she had been born on that place, you know.

El Fatal ended up with a broken heart too after his wife died —he never got over it. I imagine that's how he got started drinking so hard. That's what I think, anyhow—I might be all wrong, but, you know, that Fatal isn't a bad guy. In fact, he's pretty religious. He goes to mass every week, even if he does show up all dirty and smelly—bueno, and half-drunk too sometimes. But el Fatal isn't one of those drunks who raise a lot of hell. No, he's a quiet drunk—not a word out of him. And every Sunday you see him in church. He just barely makes it up to the altar with his cane— bueno, it's not really a cane, just the handle of a broom he found thrown away somewhere. He walks all stiff, poor guy—I don't know if it's because of the arthritis or the booze, but he can hardly move. I was always worried that *he* would be the one to get hit by a car, not Joe Hurts—but when it's your time to go, you gotta go. Like the old folks used to say—you can't escape death or fate.

But that Fatal!—you know, one time he quit drinking for Lent. I don't know how he managed to do that, seeing as how he was still hanging around with that bunch of borrachos. He'd even buy a bottle every day, but he didn't touch it. No—he'd take it straight over to the priest—to Father Tomás, not this old sourpuss we've got now. Anyway, Father Tomás saved those bottles for him, and everyday el Fatal would bring him another one. Then, when Easter came, he went over to the church and he picked up his forty bottles, and let me tell you, he really celebrated the Resurrection of Christ—I'm surprised he didn't kick the bucket!

Of course, his pal—la Bruja—well, he not only died but he rose from the dead too, just like our Lord—at least that's what *he* says. I imagine it's just the liquor talking because it's a pretty crazy story. Izque this all happened back during the First World War when la Bruja was just a little kid. During that time they had that terrible flu—you probably heard about that, no? La Bruja got sick—of course, they didn't call him that back in those days, but the truth is I don't even know his real name—I've always called him "la Bruja." Anyway, the story is that the little "witch" got sick and died, except he wasn't really dead—just in a coma, I guess. But they buried him anyway—and he says when he woke up, he was in the hole and they were already throwing dirt on top of him. He started crying and kicking around—trying to get out of there. They pulled him out, and all I can say is he was lucky they hadn't buried him in a coffin because then who knows. But, according to the viejos, that flu killed so many people that there weren't enough carpenters left to make the coffins, so they just wrapped the muertos up in a sheet or a blanket and that was it. Like they say—throw the dead in the hole and let the good times roll, no?

Bueno, but that Bruja rolled out of the hole—at least that's what he says—¿quién sabe? You know what kind of liars drunks can be—well, not just drunks—we all exaggerate a little now and then. And I guess the story could be true—that story about la Bruja's "resurrection"—after all, you read about those kinds of things all the time in the magazines, no? But I'll tell you what's really a crock is that story about Jesus appearing in his backyard—now, *that* one he'll never make me believe. I'm talking about that "Jesus in the wagon." La Bruja claims that the wood-carving appeared by itself—that Christ just showed up in his yard, but what I'd like to know is why the Son of God would show up in a child's wagon? And why in the world would He want to come to that junkyard? Afterwards, la Bruja built a shrine out behind the house where he used to live, right at the spot where he says he found that santo. But all you gotta do is take one look at it to know that he made it himself—I mean, who else but la Bruja would think of sitting Jesus in a kid's wagon? And the way he painted it, with those wild colors he likes so much—the yellows, reds and purples—and those crazy eyes that make Christ look like He's scared to death. La Bruja always paints the eyes that way—all of his santos look like they're crosseyed or something. But the funniest thing is that bulb he hung up over Jesus's head—I guess so you can see it at night. And he didn't use no extension cord—no, the electricity comes from an old battery la Bruja put behind the santo in the back of the same wagon. ¡Ay, qué la Bruja!—telling everybody the saint had appeared at his yard just like that, as if God was going to light up his Son with a Sears battery!

But that's la Bruja for you—a real storyteller if I ever saw one. He even bullshited that reporter from the *Río Bravo Times* when they printed that article about him. It all came out in black and white—his "resurrection," Jesus in the wagon—the whole bit. Bueno, they also talked about his art, and you know the cabrón has gotten pretty famous for those cross-eyed santos he carves. To tell you the truth, I think they're pretty ugly, but, then, what do I know about art? All I can tell you is that they do sell. There's this gringa who owns a gallery down in Santa Fe, and every so often she comes and buys up all the saints he makes—I know because she always stops in here first since she knows la Bruja spends most of his time in the bar. And if for some reason he's not here, I can usually tell her where to find him. I don't think she gives him much for those carvings, but I bet you she makes a good profit when she sells them. A lot of times she's tried to buy the santos I have here in the cantina, like that San Rafael you see over there—that one with the fish in his hand. But I always tell her no. The way I see it is she's not offering me that money just because she's such a nice person. No, I think I'll just hold onto those santos for awhile, and then maybe someday I'll sell them to the museum for twice as much. You know, I've got quite a few of them—this San Rafael here, another one that's Nues-

tra Señora de los Dolores, two or three crucifixes, and even a few
that aren't saints. I'm talking about the animals that la Bruja carves
sometimes—I've got a bear, a mountain lion, and an elephant,
and I don't know what else. And you know those animals have
got those same weird eyes he always paints, but I think I actually like them better than the santos. Bueno, everybody sees the
world a little different, no?—but the reason I've got so many of
these carvings is because he's always trading them for drinks.
And I don't feel guilty about that either—no, not one bit guilty
after all these years I've been carrying his tab. Anyway, I figure
he was the one who ripped me off that time a few years back.
It was the only time they ever broke in here—that's not too bad,
no? I mean, some places are getting robbed all the time. But like
I was saying, somebody broke in that night and they ripped off
a gallon of wine—that was all they took, and it wasn't even the
expensive kind. That's why I figured it had to be one of the "regulares"—they're used to drinking that cough syrup. But the
strangest thing was they left me a note in the door apologizing
for the break-in—really, they said they were sorry and that they'd
pay me for the wine as soon as they could. Sure—you know how
much the word of a drunk is worth. Bueno, but at least the thief
had a little bit of a conscience, no?—not like that Donald Bailey
who robs people blind day in and day out and still sleeps like
a baby at night. But I don't know—that Bruja is such a liar
that . . . .well, you can understand why his vieja kicked him out.
I mean, who could stand a guy like that?

The same thing happened with Joe Hurts' wife. She couldn't
take him no more either, but she just left him. She went back to
her people up in Chamisal—anyway, the kids were already grown
by then. And I think she did the right thing. These drunks will
just wear you out—I oughta know. Bueno, and along with drinking, Joe Hurts used to like to chase after women. They say you're
not supposed to say anything bad about the dead, but all I'm telling you is the gospel truth—anyway, I'm sure Joe Hurts wouldn't
mind. And I don't care what that damned priest said in the service
today—I believe Joe Hurts is up in heaven right now, chasing after
some good-looking angelita. Well, that's all he used to do when
he was down here on Earth—like I was saying, I think that's why

his wife left him—and she was a good woman too. But all Joe Hurts ever wanted to do was sit around on his ass and waste his disability check. And when he'd gone through his own check, he'd throw away the few dollars his wife was able to make driving a schoolbus. The thing was, he didn't have to live his life like some kind of bum. He was a veteran, and he got a monthly check from the government. He was wounded in World War Two—that's why they're burying him today in Santa Fe, over there in the national cemetery. They're probably over there right now, but I didn't want to go. I already said goodbye to him—last night I went to see him in the mortuary, poor old Joe Hurts. But what I don't understand is that guy who ran over him. How could he just keep going like that? It was a hit-and-run, you see, but I just don't know how any human being could live with that kind of stain on their soul. And I imagine they won't try all that hard to catch the cabrón that done it—anyway, nobody gave a damn about Joe Hurts.

Nobody but me, I guess. He used to make me laugh, that crazy sanamagón. Did I tell you where he was wounded? In his rear end—yeah, right in the ass. He always used to say he was carrying around "strapnel" in his ass—that's how he'd say it—and he was *always* saying it too, especially to the mujeres. But I'll tell you one thing—Joe Hurts was less worse off with that "strapnel" in his ass than that priest is with the metal plate in his head. Anyway, Joe Hurts was always ready to show off his war wound to the women. I was just remembering what he did that time to the poor girl who worked for Open Hands, that organization that helps the Senior Citizens. She was helping me organize a dance for the viejos in our center here. Every month we get all the seniors together and we bring the Serrano brothers to play the old tunes the viejos love so much because the música makes them remember when they were young and could dance up a storm. Some of them still dance pretty good too, though most of them sit with their compadres and comadres, just listening to the music and gossiping about old times. But at that particular dance, I remember, the girl from Open Hands no sooner walked in the door and Joe Hurts was all over her—well, she was young and a blonde too. But poor thing—Joe Hurts followed her around all afternoon, telling her his dirty jokes and dancing all the slow ones with her.

Afterwards, he told me he had danced "cheek to cheek," but he wasn't talking about his face—what a cochino! Bueno, the poor gringa never came back to another one of our dances—I guess one time with Joe Hurts was enough for her.

But in spite of his reputation, Joe Hurts was a popular guy at our dances—almost as important as the "bastonero" used to be in the old days—you know, the person who used to manage the dances. Since the dance halls were so small back in those days, there wasn't enough room for everybody to dance at the same time. So this guy, the bastonero, he'd decide who was going to dance each dance, and everybody would do what he said. These days there's no such thing as a bastonero, but Joe Hurts was almost as important in our dances because he was the one who knew the old versos. He knew a lot of the entriegas and those versos they used to use in that old game they called "los cañutes." More than that, he made up versos—right there on the spot. Like when we'd have wedding dances, I remember Joe Hurts would come up with some versos that were so sharp that a lot of people tried to keep out of his sight. Like that verso he made up for don Samuel Madril. I still remember that one—I don't know why, it just stuck in my mind, I guess. This Samuel Madril was a bachelor—kind of ugly, poor guy—he had smallpox real bad when he was a kid so his face was all pitted. Anyway, at that time don Samuel was looking for a bride, but I guess he hadn't had too much luck—later on, he did get married to doña Ninfa, una mujer muy buena, she was so nice, except she used to smoke all the time. But at that time don Samuel was still single and that Joe Hurts went and made up this verso about him:

The month of March has come
The month of April too—
And poor old Samuel Madril
Can't find anyone to say, "I do."

Isn't that too much? And he used to do the same thing at New Year's—you know, when they'd go out singing from house to house. That used to be a real popular thing in the old days—now the custom's pretty much died out, but back then, the men would go from house to house, singing and asking for a drink. Joe Hurts always stopped here first—partially because my name is Manuela, but also because I used to give him a whole bottle to drink. There was nobody like Joe Hurts for making up versos on New Year's, but the thing I remember the most was that "valse chiquiado"—he'd really get going then. I don't know if you've ever heard of the valse chiquiado—it's a very old dance—I imagine just the old-timers know about it. The way it worked was like this: when the guy wanted to dance, he'd have to sing a verso to the girl, and if she didn't like the verso, she'd tell him to forget it, and he'd have to think up another one. Also, the women had to sing versos back to the men, and that's the way they went. Ooh, they used to have a good time—especially when Joe Hurts got started. Let's see if I can remember one of the versos he used to sing. There were some of them real pretty ones. I remember he used to sing one a lot like that verso from las Mañanitas— let's see how it went. . . .

They're more beautiful than hope
Those stars up in the sky—
I'd love to pull two of them down for you
But my arms won't reach that high.

How do you like that? Pretty good line, no? But, you know, a lot of times he'd sing funny versos just to see how the woman would answer him, like a contest. There was one about a shoe —let's see if I can remember it. I don't need a shoe. . .no, when I leave a shoe. . .let's see. . .you loved me, you left me. . .yeah, that's it:

You loved me, you left me
Now you love me again—
When I throw out a shoe
I don't bring it back in.

There you have it! What could the poor woman say to that? Well, there was *one* woman who used to let Joe Hurts have it now and then—la difunta Veneranda. That woman had a pretty short fuse—and she wasn't scared of nobody. I remember one time when she was here at the bar—because she liked her booze too, but anyway, she was sitting here when this gringo walked in. He wasn't from around here, just passing through, I guess, or maybe he was one of those traveling salesmen. Anyway, it was real cold that day and that gringo came in and he sat down next to Veneranda here at the bar. And he tells her—I guess he was trying to speak Spanish, so he says: "Pretty cool-o." But Veneranda, I guess she thought he was talking about a different kind of "culo," so she looks at him and says: "Sí, está pretty, but not for you, cabrón."

I thought we were going to die laughing—and that poor gringo didn't even know what we were laughing about. But, like I was telling you, that woman also knew how to defend herself when it came to the valse chiquiado. I remember the time that Joe Hurts sang her a verso about the moon. It went like this:

The moon is rising
Dressed in a black silk shawl—
Go and ask your mother
If she wants to be my mother-in-law.

And you know how doña Veneranda answered him? Well, she sang back:

The moon is rising
Dressed in a red silk shawl—
Go and tell your mother
That I don't want you at all.

She paid him back good, no? But, like I was telling you, that Joe Hurts was quite a woman's man—a little ugly and worn-out, but always in the movida. Once he fell in love with his sister-in-law, his wife's younger sister, see, and izque they were going together to a dance somewhere. In those days, his wife—Lydia was her name, pretty dark-complected but a good woman anyway, well, she was still with Joe Hurts, though if she would've known what that cabrón was up to, she would've dumped him even sooner, yo creo. So, that night they were on the way to the dance—or maybe it was on the way back home, I don't remember—but, anyhow, the story is that Joe Hurts had it all set up with his sister-in-law so she would sit next to him. But his plans didn't work out because Lydia got in the truck first, so she sat in the middle. But that didn't slow down Joe Hurts one bit—oh no. Little by little, he started moving his hand underneath the seat until he found his sister-in-law's leg. Bueno, he *thought* it was her leg, so he was riding along all happy, fooling around with his sister-in-law's "piernology," if you know what I mean. But all of a sudden his wife says, "What are you getting so hot and bothered about? Can't you wait till we get home?" Apparently, Joe Hurts' arm wasn't quite as long as he thought it was. But, what a story, no? It sounds like some kind of joke, but it's the real truth—poor Lydia, all the trouble she went through with that cabrón. Finally, she gave up and left him, and before long, Joe Hurts had lost his house. He ended up living in town here with his daughter, but she couldn't stand him either, so he landed out on the street. Well, he didn't have no one to blame but himself, but, you know, he never said nothing against his wife or his family. In fact, I never heard him really complain about his life at all. I guess as long as he had his "holy water," he was happy.

Bueno, and he wasn't really alone either. He had those two compas of his always with him. They even found a place to live when they moved into the Woods and Bailey warehouse. It's been abandoned for years—I don't think it has a single window left, but it has a roof anyhow—well, it *had* one because now they're throwing it down. When they finish knocking down the warehouse, I understand they're going to destroy the store too, that mercantile that's been there since the turn of the century. Well, they've gotta make room for Baby Jesus's new museum—but, like I was saying, Joe Hurts and his cuates had been living in that warehouse for years. It was like they were the owners of the place. The funny thing was, Joe Hurts was living in the same place where they killed his son—bueno, actually they shot him up in the Woods house. You probably saw it on the way over here—that mansion that's on top of the hill. I think old Nique Torcido built it there so he could sit in his porch and look down on his "kingdom"—the store with its warehouse, the corrales where they'd keep the animals he'd bought, the depot for that railroad, the Chile Line—well, all of Chilí because it was like he owned the whole damned valley.

And you know how he got so rich? Well, they didn't call him "el Nique Torcido" just because he had a stiff leg and walked a little crooked. Let me tell you, that guy screwed over a lot of our people with that "repartimiento"—that's what they called the system he had for getting rich. What he'd do was he would give credit to the rancheros—he'd set each sheepherder up with a herd of sheep, a flock of, say, a hundred sheep. The sheepherder would take care of the sheep and all the provisions his family needed during the year, they'd charge them at Nique Torcido's store. The only problem was, when it came time to settle accounts, there were never enough lambs to pay off all the bills, so the ranchero was always in debt. But, no problem—el Nique Torcido was a trusting soul, so he'd give the ranchero even more credit so he'd get even more behind by the following year until, at last, Nique Torcido ended up, not only with all the sheep and the wool, but the poor man's rancho too.

Bueno, that's how he was able to build that mansion up on the hill—he built it with the sweat of our people. And it wasn't no adobe house either—you wouldn't catch Nique Torcido living in no mud hut. No, he built himself a painted frame house, three stories high, a regular skyscraper for us. It's got two round towers like those castles you see in the books, and on the inside it's just as luxurious, with hardwood floors, glass doors, stained-glass windows, chandeliers—the works! When Nique Torcido died, that big mansion ended up in the hands of old man Bailey, but he never lived in it—too big for him, I imagine. Well, his son is the same way—you know, Donald Bailey still lives here in Corucotown. It's not a little house, but it's no big mansion either—in fact, a lot of his own workers have nicer homes than he does.

Anyway, like I was telling you, old man Bailey left the Woods mansion empty for a number of years—then his son rented it to the county, to use for the courthouse. Yeah, that's where they used to have the court, except they didn't use the upstairs, just the first floor. Bueno, it was still the county courthouse when they shot the Lavender Kid there. That was the name of Joe Hurts' son—well, it was a nickname, of course, but that's how everybody knew him, the Lavender Kid. Like father, like son, they say, and it's true—that muchacho, he never fit in, you know what I mean? When he was just a kid, he left for California, but he really got messed up over there. He got into drugs, and not just marijuana—no, izque he was fooling around with heroin too. You gotta remember this was back in the fifties when there wasn't so many drugs like now—these days, forget it—but, anyway, the Lavender Kid would show up around here every once in awhile, all decked out in his zootsuit, his dark glasses and those baggy pants the pachucos used to wear. He thought he was hot shit, but he was just a common thief. They say he'd steal to support his drug habit, and he was pretty daring too. He ripped people off day or night—it didn't make no difference to him. No, that Lavender Kid wasn't afraid, and why should he be when he never got caught? The cops would always get there too late—by the time they'd arrive, he'd be long gone. The only clue he'd leave behind was that odor—the smell of lavender. That's how he ended up with his nickname—he used to use that wax, that scented stuff all the muchachos used to slick down their hair in those days. That was another custom he brought back from California—it was like his trademark, and you can just imagine how mad the chotas would get when they'd arrive at the scene of the crime and find nothing but that scent of lavender.

With time, the whole thing became. . .well, it kind of turned into a big joke. It wasn't that people really approved of the Lavender Kid—as well as being a thief, he was a bad influence on the kids too. But you know how people are—always rooting for the underdog, so it got to the place where everybody would laugh when they'd read in the paper that the Kid got away again. No sé—it was kind of like Billy the Kid—he turned into a sort of hero. I think that's why they ended up killing him—the poor cops were embarrassed as hell by then. But that night they got lucky, or maybe the Kid just ran out of luck. Whatever it was, it so happened that someone who lived across from the Woods mansion saw the Lavender Kid breaking in through a window. They called up the police and told them the Kid was inside the courthouse.

Well, the cops came as fast as they could and they surrounded the place, just like in the movies. In fact, they even yelled: "Come out with your hands up, Kid!"—that's what the *Río Bravo Times* said anyway, and I'm sure it's true. Naturally, the Kid didn't come out with his hands up, so the chotas went in the house. It seems like the Kid was coming down the staircase, that spiral one, see, and I don't know, but I believe the Kid was going to give himself up. He was a junkie, but he wasn't no idiot. Anyway, izque one of the cops saw something shining in the Kid's hand—I don't know how the hell he could have seen that when it was dark in the house, but anyhow, the cabrón opened fire and then everybody started shooting and they blew the Lavender Kid away. Even though the reporter said they didn't find any weapons on the Kid, the police claimed they had fired in "self-defense"—that was the excuse they used. Some swore the Kid *did* have a pistol in his hand and others said it was a knife, one of those switchblades. Others claimed it was the cashbox he was ripping off, but what did it matter? The Lavender Kid was dead and it looked like nobody gave a damn. "He got what he had coming"—that's what a lot of folks said, but poor Joe Hurts, well, that was his only son. He never talked about it, but I know it always bothered him—drunks love their children too, you know. It's just that they love their liquor more—ay, ¡qué bárbara! Here I am talking about booze and you're sitting there with an empty bottle. You know, in this place you've got to ask for what you want—like the old saying goes—the one who doesn't cry doesn't suck.

¡Ay, Diosito!—sometimes I feel like crying myself. I'll tell you, there are times when I feel like closing the door and to hell with all the Fatales and Brujas and Joe Hurts of the world. I almost do it and then I change my mind. I don't know why—well, I guess I get that from my mama. She used to be the curandera around here, you know—and the local midwife too, why I imagine she helped bring half the souls of Chilí into the world. My mama was a very educated woman—she knew how to read and write back in a time when they didn't even let the girls go to school. The belief was that women didn't need an education. "You don't need to go to school to learn how to clean asses," they used to say. But my mama wanted to do more in her life than "clean asses," so she taught herself to read—to read *and* write, except she had to do it in secret. She told me that when she was a young girl, she'd keep her little book hidden under a sheepskin and, every chance she got, she'd take it out to read. She used to read while she was cooking tortillas, and I imagine that's where she first got in the habit of burning her tortillas—well, she wasn't watching them too good while she was trying to read.

At any rate, my mama was very independiente, and I got a lot of that independence from her too. Well, I run this cantina here without the help of anybody, much less a man. I'm not saying there haven't been men in my life—after all, I'm not a nun. But there's only one I really cared about, mi Crosby—yeah, the same name as that famous singer, only my Crosby couldn't sing. But that sanamagón sure knew how to make me laugh. My sisters didn't like him because he was a gabacho, but we had some great times together. He had a beautiful car—a real fancy number with wood-siding and white-wall tires. We'd cruise around and make everybody die of envy. We didn't get married—in fact, we never even talked about it, I guess we were having too much fun. But then the war came and my Crosby went to the army and he never came back. No, the Germans didn't take him—what happened was he was "taken" by a female German—you know what I mean.

Bueno, after the war, that's when I started going up to Colorado. I used to go up to the San Luis Valley with my primo Elizardo on the potato harvest. I also went to Greeley to work in the beet fields, but I never liked it—such hard work and, on top of it, being mistreated by the gringos. According to them, we're all "wetbacks." Shit! My ancestors have been in this land for more than four hundred years while those cabrones just got here from Russia or England or who knows where—the point is, *they're* the real "wetbacks"—don't you agree?

Anyway, I came back to Chilí and started working here in my beautiful valley. I started in the kitchen at the hospital and I stayed there for a few years, then I worked for awhile in that restaurant in the Granada. I worked all over the place, but never in Los Alamos. I know a lot of them went up there, but I had already had enough with the gringos. Anyhow, what I enjoy doing is serving the public, my own people, you see—and that's why I opened this cantina. And you know, most everybody comes in here, and not just to drink—no, lots of people come for remedios. No, I'm not talking about that "holy water" made by Budweiser, even if they think it's the best cure for a hangover. I'm talkin' about the *real* remedios—the herbs of the past—well, I already told you my mama was a curandera, and you know she taught me a lot too.

Bueno, I don't know the half of what she knew, but I can give you a good massage and I can make you a remedio to help your arthritis. A lot of them come here for some kind of remedio, except it's mostly the viejos because the young kids don't believe in the herbs anymore. I'm not like some people who claim doctors are no good for nothing—sí son muy buenos, but they can't always help you. A lot of times people who go into the hospital come out a lot worse, or sometimes they even come out in a pine box, if you know what I mean. The way I look at it, if we would just use the natural herbs that God made for us, we probably wouldn't get sick half as much as we do. Think about it—back in the old days, we lived a hard life, but we didn't get sick as much as now. The people back then were very healthy and the reason is because we all used to use the remedios mexicanos. Bueno, I read that a lot of the medicinas we buy at the drug store are made out of the same yerbas my mama used to use—mastranzo, yerba de la negrita, escoba de la víbora, oshá. That oshá is one of the best plants there is—there's nothing like it for a stomach ache, and a tea made out of the root is excellent for healing all kinds of wounds. Also, it's good to always carry around a piece of oshá in your pocket so nobody can infect you—that "econo" is a bad thing.

Like they say, there's a cure for everything except for love. But you'd be surprised all the people who want some help with their love lives—ooh, I could make a million bucks! Even the old-timers want to be better lovers—why, just the other day a viejita came in here looking for something so her husband could. . .well, you know what I mean. Bueno, I told her I knew of some herbs that could help, but at *her* age? The poor things might hurt themselves—maybe they fall off the bed and break a hip—who knows?

Anyway, if *you* get sick sometime and you don't wanna waste all your hard-earned money with the doctors, you come and see me. Or if you just want to talk, I'm here. Believe it or not, a lot of times I just listen. That's what a lot of them need—somebody to listen. That's another kind of remedio—puro therapy, ¿qué no? That's why those ricos pay a hundred bucks an hour to some shrink. Bueno, here you've gotta pay for the beer, but the talk is free—and I talk with everybody. I even listen when la Bruja starts laying the bullshit on—ay!—do you know what that fool did yesterday? Well, he went to the funeral home—him and el Fatal went over there to say goodbye to their cuate. Only trouble was, they went over there stinking drunk—so what else is new? Anyhow, they started crying and yelling—izque they raised holy hell. I can just imagine. The story is they got so carried away that they ended up dumping Joe Hurts on the floor. Can you believe it? They knocked the coffin over and threw the body out on the floor. Don Rogelio, the owner of the mortuary, he had to kick them out—¡qué barbaridad!

Bueno, but that's their life in a nutshell—always getting kicked out, nobody wants them. And I don't know where the hell they're gonna go now that Baby Jesus kicked them out of that warehouse. Oyes, you want another beer? I know I've talked your ear off— well, I'm a little depressed myself today. Anyway, I'm glad you came in—what can you tell me?